ÄRGER KOMMT SELTEN ALLEIN

ÄRGER-IM-DREIERPACK-REIHE
BUCH EINS

TYMBER DALTON

LESLLI RICHARDSON

Übersetzt von
LITERARY QUEENS

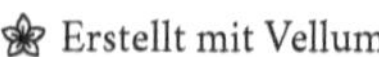 Erstellt mit Vellum

INHALT

HOLEN SIE SICH IHR KOSTENLOSES BUCH!   v
Anmerkung der Autorin   vii

Kapitel Eins   1
Kapitel Zwei   15
Kapitel Drei   27
Kapitel Vier   39
Kapitel Fünf   55
Kapitel Sechs   67
Kapitel Sieben   81
Kapitel Acht   93
Kapitel Neun   107

Mehr wollen?   119
HOLEN SIE SICH IHR KOSTENLOSES BUCH!   131
Bücher von Lesli Richardson   133
Über den Autor   135

HOLEN SIE SICH IHR KOSTENLOSES BUCH!

Tragen Sie sich in meine E-Mail Liste ein, um als erstes von Neuerscheinungen, kostenlosen Büchern, Sonderpreisen und anderen Zugaben zu erfahren.

https://geni.us/jungfrauunddervampir

ANMERKUNG DER AUTORIN

Ärger kommt selten allein (Ärger im Dreierpack 1) wurde im Jahr 2009 geschrieben und

veröffentlicht, lange vor Covid und dem Hochzeitsverbot.

Es wurde für diese Ausgabe leicht überararbeitet, wesentliche Änderungen an der Geschichte wurden aber nicht vorgenommen.

Ironischerweise hatte ich eigentlich vorgehabt, eine alleinstehende Geschichte zu schreiben.

Aber wie immer hatten die Charaktere etwas anderes im Sinn.

Chronologisch lautet die Lesereihenfolge für die Reihe wie folgt:
Siedepunkt (Prequel)
Dampf (Prequel)
Feuer und Eis (Prequel)
Ärger kommt selten allein (Buch 1)
Sturmwarnung (Buch 2)
Nacht der drei Hunde (Buch 3)
Feuerprobe (Buch 4)

Aus Rauch und Asche (Buch 5)
Ein Wolf im Schoß (Buch 6)
Dreifache Hürden (Buch 7)
Macht der Drei (Buch 8)
An der Glut stirbt das Feuer (Buch 9)
Die Feuerstraße (Buch 10)

Die drei Prequels sind einzeln oder als Sammelband erhältlich. Wenn Sie Spoiler vermeiden möchten, lesen Sie die Bücher 1-3, dann die drei Prequels und dann Buch 4 und weiter.

Es wird noch weitere Bücher dieser Reihe geben.

Außerdem taucht Ryan Ausar in meiner Good-Will-Ghost-Hunting-Serie auf, und Sie können die Schweinswalwandler und Alligatorwandler in meiner Placida-Pod-Serie finden.

Das hier ist für Steph, meine ›Zwillingsschwester im Geiste‹, die uuuunbedingt eine Geschichte über Gestaltwandler in schottischen Kilts haben wollte.

KAPITEL EINS

Brodey hob seine Nase in den Wind. »Ah, kannst du das riechen?«

Sein Bruder Cailean rümpfte die Nase. »Was riechen?«

Brodey wackelte mit der Vorderseite seines Kilts und grinste. »Frrreiheit!« Er hatte das R so gerollt, wie er schon seit vielen Jahrzehnten nicht mehr getan hatte.

Cailean stöhnte und rollte mit seinen braunen Augen. »Ich habe noch nie einen Typen gesehen, der es so genießt, nichts unter dem Kilt zu tragen wie du.« Anders als Brodey, trug er enge weiße Unterhosen unter seinem Kilt, genau wie ihr Bruder Aindreas.

Die ersten jährlichen Arcadia Highland Games waren in vollem Gange.

Und anscheinend war auch unter Brodeys Kilt einiges los.

»Warum zum Teufel trägst du nicht jeden Tag einen Kilt, wenn es dir so gefällt?« neckte Cailean ihn.

»Weil ich keine Lust habe, mich mit Redneck-Arschlöchern bei den Auktionen und auf den Viehhöfen zu streiten, die behaupten, dass es ein Rock ist.« Brodey nahm einen

Schluck von seinem Bier. »Wo zum Teufel ist Ain hingegangen?«

»Ich weiß es nicht. Als ich ihn das letzte Mal gesehen habe, hat er Mark beim Aufbau geholfen.«

Die beiden jüngsten der Lyall-Drillinge sahen sich eine Weile die geschäftige Menge an diesem Samstag an. »Fühlt sich nicht so an wie sonst, oder?«, fragte Brodey.

»Was?«

Er zuckte mit den Schultern. »Nicht so wie es früher. Wie damals, als wir noch klein waren.«

»Es ist Juli und wir sind in Florida. Was zum Teufel hast du erwartet? Dass es genau wie in Edinburgh wird?«, fragte Cailean amüsiert. »Als wir entschieden haben, Main zu verlassen, wollte ich nach Oregon. Aber ihr beiden Arschlöcher habt euch dazu entschieden, hier runterzuziehen und mich damit überstimmt.«

»Ach, komm schon, Cail. Du bist derjenige, der Ain überredet hat, in die Staaten zu ziehen, als wir Schottland verlassen haben. Ich wäre auch zufrieden gewesen, nach Australien zu gehen«, meckerte Brodey.

»Nicht das schon wieder. Du jammerst schon seit neunzig verdammten Jahren über dieselbe Scheiße. Ich hab die Schnauze voll. Weißt du, was es damals in Australien gab? Kängurus, Koalas, Krokodile und Straftäter. Wenn du dich damit paaren willst, nur zu, Arschloch.«

Brodey wurde immer pampig, wenn er trank und wenn er ein paar Wochen keinen Sex hatte. Er trank sein Bier aus und warf den Plastikbecher in einen nahe gelegenen Mülleimer. »Arschloch«, grummelte er.

Cailean versuchte, seine Verärgerung zu unterdrücken. »Tu uns allen einen Gefallen, Brodey. Such dir ein Mädchen, lass dich flachlegen und komm erst danach wieder nach Hause.«

Brodey war der mittlere Bruder, wobei das relativ war,

denn es lagen nur fünfzehn Minuten zwischen ihm, Cailean und Aindreas, dem Ältesten.

Aber diese fünfzehn Minuten hatten Ain zum Prime-Alpha und Cailean zum Gamma-Alpha gemacht. Die sprunghafte Art von Brodeys Beta-Alpha war eine Mischung der beiden und änderte sich oft von einem Extrem zum anderen. Von Cails entspannter, nachdenklicher Art zu Ains manchmal intensiver und angriffslustiger Art.

Meist legte Brodey mehr Energie in seine Muskelkraft als in sein Gehirn, weshalb Cail auf der Buchhaltung für die Ranch sitzenblieb.

Die Lyall-Brüder waren bis auf ein Merkmal identische Alpha-Drillinge:

Aindreas hatte durchdringende graue Augen, während Brodeys grüne etliche Damen bezauberte. Cails braune Augen hingegen verschafften ihm selten ein Mädchen – wenn er überhaupt mal von der Ranch weg konnte. Sie alle hatten pechschwarzes Haar, das noch keine Spur von Grau zeigte.

Nicht schlecht, wenn man bedachte, dass sie im vergangenen Mai ihren 238. Geburtstag gefeiert hatten und keinen Tag älter als dreißig aussahen.

Brodey suchte die Menge ab. »Die meisten dieser Mädels sind entweder verheiratet oder vergeben«, schnaubte er. »Oder sie sind von einem hässlichen Baum gefallen und haben auf dem Weg nach unten jeden Ast getroffen.«

Cailean hatte Brodeys mitleidiges Gejammer satt. »Ich werde Ain suchen gehen«, grummelte er. Er stieß sich von dem Laternenpfahl ab, an den er sich gelehnt hatte, und ging auf den Wettkampfbereich zu. Doch dann hörte er Brodey hinter sich.

»Warte auf mich, du Idiot.«

Cailean verlangsamte sein Tempo nicht. Es war

verdammt heiß und er hatte die Schnauze voll von seinem Bruder. Eigentlich von beiden Brüdern.

Du wirst mich nicht mehr meckern hören. Ich bin schon still.

Er sah sich nicht um, während er sich seinen Weg durch die Menge bahnte, sein Gehirn arbeite so schnell, wie er es sich für seinen Körper nur wünschen konnte. In letzter Zeit hatte er viel Zeit im Wald verbracht, war bis zur Erschöpfung durchs Unterholz gestampft, bis seine Beine nicht mehr konnten.

Deshalb hätte er den schwachen Geruch fast nicht bemerkt. Ein süßes, herrliches, köstliches Aroma, das ihm das Wasser im Mund zusammenlaufen ließ und seinen Schwanz zum Leben erweckte.

Er blieb stehen und Brodey rammte ihn von hinten. »Was zum Teufel?«, fuhr Brodey ihn an.

Cail hob die Hand und schloss die Augen, drehte sich langsam im Kreis und achtete nicht auf die Menschen um sie herum. »Riechst du das?«

»Ach, verflucht, verarsche mich nicht …«

»Halt den Mund und schließe deine Augen.«

Nach einer Weile hörte er Brodeys leises Stöhnen. »Heilige Scheiße!«

Cail öffnete die Augen. »Du kannst es auch riechst, oder?«

Brodeys Augen waren immer noch geschlossen. Und sein Kilt sah nun aus wie ein Zelt, da sein eigenwilliger Schwanz darunter ebenfalls zum Leben erweckt war und von nichts zurückgehalten wurde. »Ja!« Dann riss er seine grünen Augen auf. »Wir müssen sie finden!«

»Wir brauchen Ain.«

»Scheiß drauf, wir müssen sie finden!« Brodey sah sich hektisch um. »Wo ist sie? Wer ist sie? Scheiße! Lina hatte recht!«

Cail schüttelte den Kopf. »Ich weiß nicht, wer oder wo sie

ist.« Er ging los und fand schließlich den Geruch wieder, der jetzt stärker wurde. Wenn es Nacht gewesen wäre oder sie allein gewesen wären, hätten sie sich verwandeln und sie finden können. Doch umgeben von tausenden Leuten auf einer überfüllten Veranstaltung konnten sie sich nicht so einfach in Wölfe verwandeln. Das hätte ungewollte Aufmerksamkeit auf sich gezogen.

Sie machten sich auf den Weg, darauf bedacht, ihren Geruch nicht zu verlieren, in der Hoffnung, sie zu finden. Die *Eine*, nach der sie schon ihr ganzes erwachsenes Leben suchten.

Ihre perfekte Gefährtin.

Sie rannten, schnüffelten, ignorierten jetzt alles um sie herum völlig und versuchten sie zu finden.

Sie.

Ihre *Eine*.

Dass sie beide instinktiv ihren Duft erkannten – *ihren* Duft – war Beweis genug für Cail. Zuvor war oft einer von ihnen jemandem begegnet, aber die anderen beiden hatten nicht reagiert. Zuletzt Brodey, vor ein paar Jahren, aber Cail und Ain hatten sie gehasst.

Aber das hier … das war anders.

Sie mussten sie finden.

Die Männer rannten.

* * *

»LANEY, warte!« Bill schob die schwere Videokamera auf seine Schulter und versuchte, mit ihr Schritt zu halten.

Elain Pardie war nicht in der Stimmung für noch mehr Bullshit, vor allem nicht von ihrem Kameramann. »Was?«, fauchte sie über ihre Schulter.

»Tut mir leid, okay? Ich dachte, es wäre lustig.«

»Das war nicht lustig. Und wie oft muss ich dir noch sagen, dass du mich *nicht* Laney nennen sollst!«

Schließlich holte er sie ein und packte sie am Arm. »Du warst in der Schule schon Laney und als wir beide noch Kameras getragen haben. Tut mir leid, *Elain*, aber alte Gewohnheiten lassen sich nur schwer ablegen.«

Sie schüttelte sich frei. »Ich versuche mir einen Namen zu machen. Da hilft so ein Bullshit nicht.« Bill hatte sich einen Spaß erlaubt, indem er die Jungs, die am Baumstammwerfen teilnahmen, gefragt hatte, was sie unter ihren Kilts trugen. Sie hatte sich in Grund und Boden geschämt.

»Es sollte lustig sein!«

»Ich habe mir mitten im verdammten Juli den Arsch abgeschwitzt«, knurrte sie, während sie zurück zum Wagen stapfte.

Ihre Schuhe waren komplett schmutzig und der feine, graue Sand des Parkplatzes klebte an ihnen.

»Das war alles andere als lustig. Und es war sexuelle Belästigung.«

»Komm schon, das waren Jungs und ich bin ein Kerl! Wie soll das Belästigung sein?«

Sie drehte sich zu ihm um und brachte ihn dazu, abrupt stehenzubleiben, um nicht in sie hineinzulaufen.

»Ich bin kein Kerl. Und es spielt keine Rolle, welches Geschlecht sie hatten, es war eine völlig unangemessene Frage! Wir werden das Material *nicht* verwenden!« Sie drehte sich wieder um und ging in Richtung des Wagens.

Bill holte den Schlüssel heraus, während sie sich dem Wagen näherten. Sie mussten zurück zum Sender, um die Geschichte vor den Fünf-Uhr-Nachrichten zu schneiden. Sie hatten keine Zeit gehabt, alles zu filmen oder es sich überhaupt nur anzusehen, aber sie hatten genug Filmmaterial, um etwas daraus machen zu können.

Wenn Bill sie nicht völlig in Verlegenheit gebracht hätte,

hatte sie tatsächlich nichts dagegen gehabt, mit einem der Typen zu sprechen. Dem mit den grauen Augen, dem schwarzen Haar und den muskulösen Beinen, der etwas abseits gestanden und zugesehen hatte, wie sie den Organisator der Veranstaltung interviewt hatte.

Wenn sie ehrlich war, hätte sie sehr gerne herausgefunden, was er unter seinem Kilt trug. Er war definitiv die Art von Typ mit der Art von Körper, der einen Kilt tragen konnte.

Schade, dass er sich so abweisend verhalten hatte, was zweifellos wegen Bills dummer Frage gewesen war.

Das Arschloch hatte ihr einen potenziellen Flirt versaut.

* * *

»So werden wir sie nie finden!«, jammerte Brodey. »Ich muss mich verwandeln.«

»Wie zum Teufel willst du das hier machen? Werd erwachsen.« Kein Wunder, dass Ain ihn immer dazu brachte, Brodey zu babysitten. Cail war derjenige, der immer einen kühlen Kopf bewahrte.

Man konnte sich darauf verlassen, dass Brodey der Idiot Ärger machen oder ihn zumindest finden würde.

»Lina hat gesagt, dass wir unsere Eine *hier* treffen würden! Weißt du noch? Das habe ich dir doch in Yellowstone erzählt. Sie hat vorausgesagt, dass wir sie treffen würden!«

Cail folgte Brodey um die Rückseite einer Reihe von Imbisswagen herum. Ein italienischer Wurstverkäufer hatte ein langes Stück Stoff um die Unterseite seines Stands gespannt. Bevor Cail ihn aufhalten konnte, ging Brodey auf die Knie und rollte sich darunter. Sekunden später überreichte er Cail seine Kleidung.

»Scheiße! Nein, Brodey!«

Aber es war zu spät. Ein riesiger schwarzer Wolf mit durchdringenden grünen Augen krabbelte unter dem Wagen hervor und rannte mit voller Geschwindigkeit in die Richtung des Geruchs davon, während Cail Brodeys Kleidung tragen musste.

»Scheiße!« Er rannte hinter ihm her und versuchte mitzuhalten.

* * *

JETZT, wo er verwandelt war, konnte Brodey der Fährte leicht folgen. Zum ersten Mal, seit er Kimberlie vor ein paar Jahren verlassen hatte, fühlte er, wie seine Seele leichter wurde.

Der Geruch wurde stärker, während er sich durch die Menge schlängelte und auf den Parkplatz zuraste. Er ignorierte die Leute, die aufschrien, während er mit der Nase am Boden an ihnen vorbeistrich und versuchte, sie nicht zu verlieren.

Ihre Gefährtin. Sie.

Die *Eine.*

Voller Verzweiflung dachte er, er hätte ihre Spur verloren, während er durch den Vordereingang ging, dann wurde ihm klar, dass sie sich einige Zeit dort aufgehalten haben musste. Jetzt konnte er eine weitere Fährte wahrnehmen, sie musste mit einem Mann unterwegs sein.

Da er jetzt beide Düfte in der Nase hatte, konnte er sie besser verfolgen, doch es ärgerte ihn. Ein Mann war bei seiner Gefährtin.

Wenn sie schon vergeben war …

Er wollte nicht an diese Möglichkeit denken, weil es bedeuten würde, dass er die Pfoten von ihr lassen musste.

Brodey war sich vage bewusst, dass Cail in der Ferne

nach ihm rief, aber er konnte nicht riskieren, ihre Spur zu verlieren.

* * *

EINE WELLE von heißer Luft strömte aus der Seitentür des Lieferwagens, als Bill sie öffnete. Elain zog ihre Sportjacke aus und hängte sie in den Wagen, während Bill über den Beifahrersitz ins Innere griff und den Motor anließ, um die Klimaanlage in Gang zu bringen.

»Es tut mir leid«, sagte er noch einmal.

Sie funkelte ihn an. »Ich werde es nur nicht der Personalabteilung melden, weil du mein Freund bist. Diese Art von Scheiße ist inakzeptabel. Wenn du das während der Arbeit mit Marietta getan hättest, würdest du nach Venice zurückgehen, nur um festzustellen, dass du keinen Job mehr hast. Das ist dir doch klar, oder?«

»Okay, okay. Ich hab's verstanden.«

»Hast du das? *Wirklich?* Denn wenn du so etwas noch einmal machst, befreundet oder nicht, werde ich es melden.«

Er stieß einen grummelnden Seufzer aus, sodass sie sich nicht sicher war, ob er es wirklich verstanden hatte. »Es tut mir leid. Ich werde es nicht wieder tun.«

»*Danke* schön.«

»Warum zum Teufel halten sie das hier eigentlich mitten im Sommer ab?«, meckerte Bill, während er die Kamera und die Mikrofone hinten verstaute. »Das macht keinen Sinn.«

Offensichtlich wollte er das Thema wechseln.

Aber sie war auch zu müde und ihr war zu heiß, um weiter über das Thema zu reden. »Bringt mich um, diese Hitze«, sagte sie. »Man könnte meinen, sie würden es im Winter abhalten wollen, wenn die Schneevögel hier sind.« Sie kletterte auf den Beifahrersitz, schloss ihre Tür aber nicht, um die Hitze weiter herauszulassen. Die Klimaanlage war zwar eingeschaltet, hatte aber Mühe, den Innenraum des Lieferwagens zu kühlen. Sie mussten nach Venice zum Studio zurückfahren, um den Beitrag zu schneiden.

»Warum hast du überhaupt darum gebeten, diese Geschichte zu übernehmen?«, fragte er sie.

»Ich weiß nicht. Ich habe nur …« Sie seufzte. »Lass uns gehen.«

»Gib mir eine Minute.«

Sie wollte nicht über den plötzlichen, überwältigenden Drang sprechen, der sie heute Morgen während der Redaktionssitzung dazu gebracht hatte, sich auf diese Aufgabe zu stürzen. Ihr fast verzweifeltes Bedürfnis, den Beitrag zu übernehmen.

Ihr Gefühl, dass gleich etwas Gutes passieren würde.

Ein seltsames Gefühl, das immer noch nicht verschwinden wollte, obwohl dieser Beitrag dank Bills Bullshit zu einer lästigen Aufgabe geworden war. »Du hast Glück, dass wir Freunde sind«, fügte sie hinzu.

»Ich weiß.« Er lächelte verschmitzt. »Kann ich dir einen Milchshake kaufen, um es wiedergutzumachen?«

»Wenn ich dazu einen Cheeseburger und Pommes bekomme, bin ich dabei.«

* * *

AINDREAS FLUCHTE LEISE.

Wo zum Teufel sind diese beiden Deppen geblieben?

Etwas ging vor sich. Er spürte es, während dieser Reporter Mark interviewte, aber er konnte nicht weggehen, um der Sache nachzugehen. Sie hatte etwas an sich. Obwohl er gegen die Windrichtung von ihr stand, bildete er sich ein, dass sie gut roch, so wie sie aussah. Normalerweise würde es ihm nichts ausmachen, jemanden wie sie, um ein Date zu bitten. Mit ihrem rotbraunen Haar und ihren blauen Augen war sie wunderschön.

Aber leider gehörte ihr Herz bereits einem Glückspilz, nach den Ringen an ihrer linken Hand zu urteilen.

Er seufzte. Eines Tages würden sie die *Eine* finden.

Mark beendete das Gespräch mit dem Reporter und ging zurück zu Aindreas, um sich zu unterhalten. Aindreas versuchte nervös, seine Instinkte zu unterdrücken, aber je mehr er das tat, desto mehr wurde ihm klar, dass er das Gefühl nicht mehr ignorieren konnte.

Als er sich endlich losreißen konnte, machte er sich auf die Suche nach seinen beiden jüngeren Brüdern. Cail konnte ihn wegen der wenigen Minuten ihres Altersunterschieds so viel verarschen, wie er wollte, aber wenn diese beiden Arschlöcher ihre Tage nicht damit verbrachten, sich wie zwei Teenager zu benehmen, würden sie vielleicht seinen Standpunkt verstehen. Er war Prime-Alpha und hatte einen Job zu erledigen.

Leider hatte er es trotz seiner Reisen um die ganze Welt nicht geschafft, das Wichtigste zu schaffen.

Sie zu finden.

Sein Vater und die anderen Rudel- und Clanältesten hatten davor gewarnt, dass die drei Brüder, wenn sie volljährig waren, vielleicht nie die *Eine* für sich finden würden, ihre Gefährtin. Alpha-Wandler mussten ihre Gefährtin finden und konnten sich nicht einfach für ein Leben mit irgendjemandem entscheiden, wie es andere Gestaltwandler konnten. Zwillinge waren keine Seltenheit, aber Alpha-Würfe mit Zwillingswandlern waren schon selten, und sie mussten dann zu zweit ihre *Eine* finden. Natürlich war es schwierig, eine Frau zu finden, bei der sich zwei Brüder einig waren.

Versuch das mal bei drei.

Vor allem drei Alphas.

Sie waren die einzigen lebenden Alpha-Drillinge in ihrem Rudel und im größeren Clanumfeld, von denen man wusste.

Wir Glücklichen.

Man hätte genauso gut einem verdammten Schwein Flügel wachsen lassen können. Das Ding würde wahrscheinlich fliegen, bevor sie die *Eine* für sich gefunden hatten.

Und bei diesem Tempo würden sie sie vielleicht nie finden.

Ain verfolgte ihre Gerüche und …

Oh, verdammt nein. Bitte sag mir, dass er es nicht getan hat!

Als Ain in der Nähe des italienischen Wurstanhängers die Augen schloss, roch er tatsächlich, wo Brodey der Idiot, sich von zwei auf vier Beine verwandelt hatte.

Scheiße!

Was zum Teufel hatte ihn dazu gebracht, sich zu verwandeln? Mitten auf einer überfüllten Veranstaltung!

Und warum zum Teufel hatte Cail ihn nicht davon abgehalten?

Er beschleunigte sein Tempo und suchte nach seinen Brüdern.

* * *

BRODEY RANNTE, die Zunge hing ihm wegen der Hitze aus dem Maul. Ihr Duft wurde stärker. Er war so nah.

Bitte, lass sie nicht gehen!

Er sah auf, konnte einem Auto gerade noch auszuweichen, und da erspähte er den Nachrichtenwagen.

Es war einer von fünf, die seitlich am Zaun geparkt hatten.

Und ihr Geruch führte genau dorthin.

Sein Herz pochte.

Ein Mann stand neben der offenen Seitentür. Und auf dem Beifahrersitz …

Sein Herz blieb stehen, als die heiße Sommerbrise ihren Duft zu ihm trug. Er musste sich zusammenreißen, um sich nicht sofort zu verwandeln, sie aus dem Wagen zu ziehen und seine Arme um sie zu schlingen.

Sie.

All die beschissenen Mythen darüber, ihren Geruch in jeder Zelle des Körpers spüren zu können, waren doch keine Mythen gewesen. Das hier war ganz anders als all die Fehlalarme, die sie im Laufe der Jahre gehabt hatten.

Viel mehr als das, was er für Kimberlie empfunden hatte.

Der Typ wollte gerade die Seitentür des Lieferwagens schließen und damit die Frau verschwinden lassen, als Brodey losrannte und dabei bellte.

Die Frau sah auf. »Heilige Scheiße, das ist ein großer Hund!«

Der Mann wich zurück.

Puh! Ein Kameramann. Sie arbeiten zusammen.

Brodey drehte sich zu der Frau, dann tat er etwas, von dem er sich geschworen hatte, dass er es niemals tun würde.

Er setzte sich auf die Hinterpfoten, winselte und bettelte.

KAPITEL ZWEI

Heilige Scheiße! So einen verdammt großen Hund, hatte sie noch nie gesehen! »Bill, was macht er?«

Bill schüttelte nervös den Kopf. »Was immer er will. Ich fasse ihn nicht an.« Der Hund - oder vielleicht Wolfshybrid - war pechschwarz, mit wunderschönen grünen Augen. *Wow,* sie hatte nicht gewusst, dass Hunde grüne Augen haben konnten. Der Hund legte seine Vorderpfoten auf ihr Bein, schnupperte an ihr und wimmerte. Sie war kein großer Hundemensch und hatte seit Jahren keinen mehr gehabt, seit sie ein Kind war.

Grundsätzlich mochte sie Hunde zwar, aber wegen ihrer Karriere hatte sie im Moment keine Zeit für einen. Sie schob ihn vorsichtig von sich herunter. »Okay, Junge. Was auch immer du bist. Tut mir leid, geh nach Hause oder finde deine Familie oder was auch immer.«

»Warum läuft dieser Hund frei herum?«, fragte Bill.

»Woher zum Teufel soll ich das wissen?«

»Soll ich einen der Polizisten holen?«, fragte er. »Ich

glaube, sie haben da drüben Übungen gemacht. Vielleicht gehört er zu ihnen.«

»Ja, gute Idee. Sieht aus wie ein Polizeihund.«

Bill ging weg, aber der Hund saß da und starrte sie mit intensiven Augen an, immer noch winselnd. Unfreundlich wirkte er nicht.

Sie stieg aus dem Lieferwagen und kniete sich hin, tastete durch sein dichtes Fell nach einem Halsband, doch fand keins. »Zu wem gehörst du, Junge?«

* * *

DER BERAUSCHENDE DUFT DER FRAU, eine in diesem Moment sehr zutreffende Redewendung, machte es unmöglich für Brodey, einen klaren Gedanken zu fassen.

Dir. Ich gehöre zu dir.

Er rieb seinen Kopf an ihrem Bein und versuchte so viel wie möglich von ihrem Duft in sich aufzunehmen.

Einen Augenblick später kam der Kameramann mit einem Polizisten zurück. »Nein, das ist keiner von uns, aber er ist wirklich ein hübscher Hund.« Brodey wickelte sich um ihre Beine und versuchte, ihrem Geruch an sein Fell zu bekommen.

»Also, was machen wir mit ihm?«, fragte sie.

Der Polizist zuckte mit den Achseln. »Ich kann den Tier-schutz anrufen.«

»Aber sie werden ihn ins Tierheim bringen«, protestierte sie.

»Nun, es sei denn, Sie möchten ihn mitnehmen. Er scheint Sie sehr zu mögen. Ein Hund wie er, da muss es doch jemanden geben, der nach ihm sucht.« Er lachte. »Hey, das ist perfekt. Sie können eine Story über den herrenlosen Hund bringen.«

Die Frau seufzte. »Ich will nicht, dass sie ihn einschläfern.«

»Dann schlage ich vor, dass Sie ihn mitnehmen. Er ist sicher nicht aggressiv. Bringen Sie ihn zu einem Tierarzt, der kann schauen, ob er einen Chip hat.«

Brodey schob sich am Kameramann vorbei und sprang in den Van.

Der Typ sah sie an. »Ich kann ihn nicht aus dem Wagen zwingen.«

Sie verdrehte die Augen. »Also gut. Lass uns gehen. Sonst kommen wir noch zu spät.«

Sie schlossen die Türen und fuhren davon.

Erst nachdem sich Brodey zwischen die Vordersitze gezwängt, seinen Kopf auf ihren Schoß gelegt und die Augen geschlossen hatte, um ihren Duft einzuatmen, dachte er über das nach, was er gerade getan hatte.

Oh, Scheiße. Ain und Cail werden mich umbringen.

* * *

CAIL SUCHTE DEN PARKPLATZ AB. Er hatte den Geruch komplett verloren. Nicht nur den der Frau, sondern jetzt auch Brodeys.

Scheiße!

Sie hatten in der Nähe des Zauns auf dem Veranstaltungsparkplatz geparkt. Er ließ Brodeys Kleidung auf die Ladefläche ihres Wagens fallen und rannte dann dorthin, wo sich der Geruch verloren hatte. Aindreas kam ein paar Minuten später zu ihm. »Wo wart ihr beide?«

»Dafür ist jetzt keine Zeit. Ich kann Brodey nicht finden.«

Aindreas senkte die Stimme. »Warum zum Teufel hat er sich verwandelt?«, knurrte er.

»Keine Zeit, es zu erklären!«

»Oh doch, du nimmst dir *jetzt* Zeit dafür.« Er fixierte Cail mit seinen grauen Augen und Cail musste sich dem Prime beugen.

»Wir sind einer Fährte gefolgt.« Er senkte seine Stimme. »Es war *sie*, wir haben *sie* gerochen! Die Eine!«

Ain stöhnte. »Verflucht. Ihr zwei Arschlöcher bringt mich noch um. Schon mal die Geschichte vom Wolf gehört, der zu oft behauptet hat, seine Gefährtin gefunden zu haben?«

»Riech doch selbst!«

Ain schüttelte den Kopf, schloss aber die Augen. Alles, was er riechen konnte, waren Autos. Dann nahm er einen Hauch von etwas wahr. Sehr schwach, aber in dem trockenen Staub und mit all den Autos und Menschen, die hindurchgekommen waren, und wegen des Viehs aus dem Viehhof nebenan, war es nicht annähernd genug, um zu behaupten, dass man *sie* gefunden hätte. »Alles, was ich im Moment rieche, ist der Arschtritt, den ich euch beiden unbedingt geben möchte. Wo zum Teufel ist Brodey?«

»Ich weiß es nicht! Er hat sich verwandelt, um zu versuchen, sie zu finden. Ich schwöre dir, wir haben sie beide gerochen!«

Ein Auto hupte sie an, und sie traten aus dem Weg. Dann entdeckten sie einen Polizisten in der Nähe, der den Verkehr auf dem Parkplatz regelte und Ain ging zu ihm herüber.

»Sie haben hier nicht zufällig einen riesigen schwarzen Hund gesehen, oder?«, fragte Ain. »Er … äh … hat sich von seiner Leine losgemacht, als wir versucht haben, ihn aus seinem Käfig zu holen. Er sollte eigentlich bei einer Show mitmachen.«

»Oh! Das war Ihr Hund?«

Ain spürte, wie seine Eingeweide sich verkrampften. »War?«

Der Polizist lächelte. »Tut mir leid, ich wollte Sie nicht erschrecken. Es geht ihm gut. Er ist in den Wagen des Nachrichtenteams gesprungen und sie haben ihn mitgenommen. Sie wollte nicht, dass der Tierschutz ihn mitnimmt.«

Ain kämpfte dagegen an, nicht vor Wut zu schreien, da er wusste, dass der Polizist es nicht verstehen würde. »Von welchem Nachrichtensender waren sie?«

»Tut mir leid, darauf habe ich nicht geachtet.«

»Okay, Danke.«

Ain marschierte zu ihrem Truck, schloss die Tür auf und stieg ein. Cail kletterte auf die Beifahrerseite, während Ain den Motor startete, um die Klimaanlage zum Laufen zu bringen, und Cail saß ruhig da, während Aindreas schrie und mit den Fäusten gegen das Lenkrad schlug. Als er sich endlich wieder unter Kontrolle hatte, funkelte er seinen Bruder an.

»Jetzt müssen wir herausfinden, welcher verdammte Fernsehsender es war, da sich der Idiot von einem Polizisten nicht daran erinnern kann.«

»Okay, wie viele können es schon sein?«

»Alle Sender waren heute hier, Arschloch. Aus Tampa, Naples, und sogar Teams aus Orlando und Miami. Mark hat gesagt, dass sie Presseausweise für Sender aus dem ganzen Bundesstaat ausgestellt haben.«

Cail zuckte mit den Schultern. »Ich bin sicher, er wird anrufen und …«

»Ein verdammtes NACHRICHTENTEAM! Konnte er nicht jemand finden, der uns noch mehr in den Fokus der Öffentlichkeit bringen könnte? Ein Mal. Ein *verdammtes* Mal. Ich wollte einen Tag damit verbringen, einem Kumpel zu helfen, etwas Spaß zu haben, und mich zu entspannen, und ihr zwei verdammten Arschlöcher macht Ärger, sobald ich euch den Rücken zukehre?«

»Sie war es«, beharrte Cail. »Ich schwöre es dir, Mann, sie war es. Wir haben sie beide gerochen.«

Ain startete den Wagen und fuhr zurück. »Das hoffe ich auch für euch. Denn wenn nicht, werde ich euch beide kastrieren, damit wir dieses Problem in Zukunft nicht mehr haben.«

* * *

BRODEY WAR IM HIMMEL. Göttin, hilf ihm, er wollte sich nicht von seinem Platz bewegen. Er hatte inzwischen erfahren, dass sie Elain hieß. Das hatte er auf ihrem Presseausweis gelesen, der vom Rückspiegel baumelte.

Wunderschön!

Zögernd legte sie ihre Hand auf seinen Kopf und kraulte ihn hinter den Ohren.

»Er ist groß«, sagte sie zu dem Mann, dessen Name offensichtlich Bill war.

»Wahrscheinlich ein Wolfshybrid. Die werden richtig groß.«

»Möchtest du ihn mitnehmen?«

»Willst du mich verarschen? Meine Frau würde mich umbringen. Unsere Katze hasst Hunde. Du hast dich freiwillig gemeldet, also musst du dich jetzt auch um ihn kümmern.«

»Er scheint sauber zu sein, keine Flöhe. Er ist überhaupt nicht schmutzig.« Sie kraulte ihn wieder hinter den Ohren.

Brodey wusste, dass er jetzt schnurren würde, wenn er eine Katze wäre.

Irgendwo in den Tiefen seines Gehirns registrierte es, dass er in Schwierigkeiten steckte und dass sie ihm dafür die Hölle heiß machen würden, wenn er wieder mit Ain und Cail vereint war.

Aber er hatte *sie* endlich gefunden.

Er *wusste* es.

* * *

AIN FUHR sie nach Hause zu ihrer Rinderfarm, fünfzehn Minuten von der Veranstaltung entfernt. Über eintausend Hektar Land, viel Wald und der perfekte Ort, um ungestört zu leben.

»Ich werde ihn töten«, murmelte Ain.

Cail schnappte sich Brodeys Kleidung von der Ladefläche des Trucks und folgte seinem Bruder hinein. »Was sollen wir machen?«

Ain sah Cail finster an. »Du wirst dich hinsetzen und nicht noch mehr Ärger anrichten, während ich versuche herauszufinden, wohin der Idiot gegangen ist.« Er fuhr seinen Laptop hoch, suchte nach Fernsehsendern in Florida, druckte eine Liste aus und fing an, die Liste abzutelefonieren. Da es sich um einen Samstag handelte, waren die meisten von ihnen nur mit einer Notbesatzung besetzt, die ihm alle mehr oder weniger die gleiche Antwort gaben: »Ja, wenn wir etwas hören, melden wir uns.« Wenn sie überhaupt drangingen.

Nach einer Stunde gab Ain auf und ging in die Küche, um sich etwas zu essen zu machen.

* * *

BRODEY FOLGTE Elain vom Wagen in die Fernsehstation und achtete darauf, sich nicht weiter als ein paar Schritte von ihr zu entfernen. Niemand würde ihn wieder von ihr trennen.

Niemals.

Er blendete alles um sich herum aus, und als sie sich setzte, rollte er sich sofort unter dem Schreibtisch zu ihren Füßen zusammen, ein Teil seines Körpers berührte sie immer.

Sie.

Seine Gefährtin.

Meine.

Nachdem sie mit der Arbeit fertig war, sah sie zu ihn herunter. »Ich nehme an, du kommst mit mir nach Hause, Kumpel. Wir müssen irgendwo anhalten und dir etwas zu essen besorgen.«

Er folgte ihr zu ihrem Auto und sprang sofort auf den Rücksitz, als sie die Tür öffnete. Während sie fuhr, schloss er die Augen und legte seine Schnauze über die Rückenlehne des Sitzes auf ihre Schulter.

Als sie an einem Einkaufszentrum anhielt, befürchtete er, im Auto bleiben zu müssen, aber sie ließ ihn mit ihr aussteigen.

»Ich schätze, ich muss mir keine Sorgen machen, dass du wegrennst, so wie du an mir klebst«, sagte sie lachend.

Dann ging sie auf eine Tierhandlung zu. Drinnen kaufte sie ihm ein Halsband und eine Leine, Näpfe und eine riesige Tüte teures Hundetrockenfutter. Als sie ihm das Halsband um den Hals legte, drückte er seinen Kopf an sie.

Bitte. Behalte mich. Meine Gefährtin.

Sie durfte ihn an der Leine oder an seinem Schwanz führen, es war ihm völlig egal. Solange er bei ihr war.

Bei ihr.

Das Trockenfutter schmeckte gar nicht so schlecht, ein wenig so wie trockenes Müsli, mit Rindfleischgeschmack. Er hatte auf jeden Fall schon schlechter gegessen.

Als sie ins Bett ging, kroch er vorsichtig neben sie auf die Matratze und atmete erleichtert auf, als sie ihn nicht wieder herunterschubste.

Sie streichelte seinen Kopf und starrte ihm in die Augen. »Schade, dass du nicht reden und mir sagen kannst, wo du hingehörst.«

Eigentlich konnte er mit ihr reden, denn er konnte ihre Gedanken bereits spüren – was ein weiterer Beweis dafür war, dass sie füreinander bestimmt waren. Er wusste auch, dass sie ausflippen würde, wenn er es jetzt schon tun würde.

Aber eines würde er ihr definitiv sagen, wenn er könnte: dass er zu ihr gehörte.

* * *

ELAIN VERBRACHTE eine unruhige Nacht damit, von einem gut aussehenden Kerl im Kilt mit schwarzem Haar zu träumen. Es war der Typ, den sie bei den Highland Games gesehen hatte, aber in ihrem Traum hatte er die grünen Augen des Hundes, nicht die durchdringenden grauen, die er im wirklichen Leben gehabt hatte.

Es lag ihr fern, gegen einen verdammt guten feuchten Traum anzukämpfen. Vor allem, wenn man bedachte, dass es der einzige Sex seit über einem Jahr war. Sie drehte sich im Bett um und schob ihre Hand zwischen ihre Beine, wand sich gegen das Laken, während ihr Lover ihr im Traum zeigte, was er unter seinem Kilt hatte.

Eine ganze Menge.

In ihrem Traum versenkte er seinen dicken Schwanz in ihr und nahm sie so hart ran, wie sie noch nie rangenommen worden war. Während ihr Lover sie fickte, streichelten ihre Finger ihre Klitoris und brachten sie immer näher an den Höhepunkt.

* * *

BRODEY WIMMERTE LEISE. Er war sich vage bewusst, dass sich unter seiner Schnauze eine Sabberpfütze bildete, während er zusah, wie Elain es sich selbst besorgte. Es war alles, was er tun konnte, da er sich nicht verwandeln und ihr helfen durfte. Er wusste, dass er ihr so nicht helfen konnte.

Nicht, dass er das nicht wollte – verdammter Ain und sein Prime-Code. Offenbare dich Außenstehenden nicht. Keine Wolfsliebe, es sei denn, du bist bereits gepaart.

Scheiße. Da der Prime das Gesetz aufgestellt hatte, musste er sich daran halten.

Sie roch sooo gut. Durch das süße, moschusartige Aroma ihrer Leidenschaft verlor er fast den Verstand. Es war ausgeschlossen, dass sie nicht die *Eine* für sie war.

Er sabberte.

Sonntagmorgen wachte Elain Stunden vor Sonnenaufgang auf und duschte, nachdem sie mit Brodey spazieren gegangen war. Anscheinend musste sie früh bei der Arbeit sein. »Du kommst mit mir«, sagte sie zu ihm. »Zum Glück mag unser Stationsleiter Hunde und erlaubt es, dass wir Hunde mit zur Arbeit bringen. Vielleicht will er dich ja haben.«

Brodey winselte.

Ihm war klar, dass er es versaut hatte, aber er konnte Elain nicht verlieren. Es gab keine Möglichkeit, Ain und Cail anzurufen, und sie mussten inzwischen durchdrehen.

Er hätte sie anrufen sollen, während sie unter der Dusche gewesen war, aber er war zu verzaubert gewesen, während er auf dem Badezimmerboden gelegen hatte, sie durch den durchsichtigen Duschvorhang angestarrt und ihren köstlichen Duft eingeatmet hatte.

Die Nacht, die sie nebeneinander verbracht hatten, hatte seine Überzeugung nur noch gefestigt. Sie war ohne Zweifel ihre Gefährtin. Noch nie zuvor hatte er sich so gefühlt.

Er fuhr mit ihr zur Arbeit und folgte ihr dort den ganzen Morgen. Als es Zeit für die Morgennachrichten war, wurde ihm etwas zu spät bewusst, dass er der Star in einem der Beiträge war. Er war zu sehr damit beschäftigt gewesen, ihr hinterherzulaufen und ihren Duft einzuatmen, während er ihrer lyrischen Stimme gelauscht hatte, um tatsächlich auf ihre Worte zu achten.

»... Also, wenn Sie wissen, wem er gehört, oder wenn Sie nachweisen können, dass Sie sein Besitzer sind, kontaktieren

Sie mich bitte hier bei KVPN unter 555-6822, Durchwahl 206.«

Ach, du Scheiße.

* * *

BEIM MITTAGESSEN GAB Elain ihrem Hündchen ein paar Brotstücke von ihrem Sandwich. Er nahm sie sanft aus ihrer Hand und knabberte dabei nicht ihre Finger an.

Elain tätschelte seinen Kopf. »Ich hoffe irgendwie, dass sich niemand deinetwegen meldet, dann werde ich dich vielleicht behalten.«

Sie wusste, dass sie sich das nur einbildete, denn seine Ohren schienen sich bei ihren Worten zu spitzen und seine Rute wedelte. Es war nur ein Zufall. Er konnte sich nicht darüber gefreut haben … oder? Er war doch nur ein Hund.

Auch wenn er überhaupt nicht wie andere Hunde war, die sie kannte. Definitiv schlau und gut trainiert. Jemand musste wissen, wem er gehörte.

So dumm es auch war und so sehr sie keinen Hund wollte oder brauchte, es war irgendwie schön, ihn um sich zu haben, und der Gedanke, ihn gehen zu lassen, gefiel ihr nicht.

Als sie um drei Uhr nachmittags bereit war, zu gehen, hatte sich noch niemand seinetwegen gemeldet. Und zugegebenermaßen war sie etwas erleichtert darüber.

Vielleicht war es an der Zeit, einen Hund zu haben. Allein zu leben war einsam, und sie hatte keine Zeit für eine Beziehung mit einem Mann. Ein Hund hätte wenigstens kein Problem mit ihren unregelmäßigen Arbeitszeiten und würde nicht versuchen, sie davon abzuhalten, ihrer Karriere nachzugehen.

»Lass uns gehen, Junge.«

* * *

BRODEY FOLGTE Elain nach draußen zu ihrem Auto. Erst als sie nach Hause fuhren, bemerkte er endlich die Ringe, die sie an ihrer linken Hand trug.

Was zum Teufel?

Das war ein Ehering, kein Zweifel. Und ein Verlobungsring. Seine Brust zog sich zusammen. *Nein, bitte, oh Gott, nein!*

Sie konnte nicht verheiratet sein, sie konnte nicht jemand anderem gehören, wo sie doch perfekt für sie war!

Er versuchte, rational zu denken. In ihrem Haus roch es nicht nach einem Mann, nicht einmal ein kleines bisschen. Verwitwet?

So krank es auch klang, er konnte nur hoffen, dass das die Antwort war. Denn ansonsten könnte es bedeuten, dass sie eine Fernbeziehung führte.

Und das würde bedeuten, dass sie die Finger von ihr lassen mussten.

Brodey winselte.

KAPITEL DREI

Nach den morgendlichen Erledigungen vermied Cail Ain fast den ganzen Sonntag und verbrachte seine Zeit damit, auf den Websites der verschiedenen lokalen Fernsehsender und Haustieranzeigen nach einer Spur zu suchen. Um sieben Uhr abends benahm sich Ain noch biestiger als vorher und Cail versuchte nicht einmal, mit ihm zu sprechen.

Um halb acht fand Cail dann endlich etwas und atmete erleichtert auf. Auf der KVPN-Website war ein Videoclip, in dem Brodey zu … *ihr* hochstarrte.

Er konnte sie nicht riechen, aber der offensichtliche Ausdruck der Glückseligkeit auf Brodeys Gesicht sagte ihm, dass sie es war.

Und sie war …

Scheiße. Eine Fernsehreporterin.

Cail stöhnte und lehnte sich in seinem Stuhl zurück. *Verflucht.*

»Was?«, rief Ain aus der Küche.

»Das solltest du dir anschauen.« Er spielte den Clip für

Ain noch mal ab, der daraufhin seine Augen schloss und stöhnte.

»Dieses dumme, verdammte Arschloch.« Ain schüttelte den Kopf. »Das ist die Reporterin, die Mark bei den Highland Games interviewt hat.«

»Das ist *sie*.«

»Sie ist eine verdammte Reporterin! Es ist mir scheißegal, ob ihr zwei Schwänze, ihren süßen Arsch wollt ...«

Cail stand wütend auf. »Sie ist unsere Eine! Wir haben sie beide gerochen, ich schwöre es dir!«

Ain funkelte ihn an. »Hör auf. Sofort. Wie oft haben wir diese Scheiße in den letzten Jahren schon durchgemacht? Ich habe es satt, dass einer von uns ständig ein gebrochenes Herz hat! Und außerdem, hast du ihre Hand nicht gesehen?« Er zeigte auf den Bildschirm. »Sie ist verheiratet, Arschloch.«

Cails Brust verkrampfte sich, während er hinsah. Auf jeden Fall waren sie an den Code der Vorfahren ihres Clans gebunden. Das bedeutete, dass man nicht die Gefährtin eines anderen beanspruchen durfte, selbst wenn sie die Eine für einen war.

»Nein«, flüsterte Cail und ließ sich am Boden zerstört auf seinen Stuhl fallen.

»Doch. Also find dich damit ab.« Ain spielte das Video noch einmal ab und schrieb die Nummer auf. »Ich werde sie anrufen und fragen, wo ich sie treffen kann, damit wir unseren ›Hund‹ abzuholen können.« Er stürmte aus dem Arbeitszimmer.

Cail starrte auf das eingefrorene Bild auf dem Bildschirm. Ain verstand es nicht, weil er sie nicht gerochen hatte. Er nahm verschwommen wahr, dass Ain am Telefon redete und dann auflegte.

»Voicemail«, sagte Ain aus dem Wohnzimmer. »Wenn das Telefon klingelt, gehe ich ran.«

Cail antwortete nicht, starrte immer noch auf den Bildschirm.

* * *

BRODEY SCHAUTE BETRÜBT vor sich hin, und Elain klopfte auf die Couch, um ihn aufzufordern, sich neben sie zu setzen. Er sprang neben sie, konnte aber seine Augen nicht von ihren Ringen abwenden. Im ganzen Haus waren eingerahmte Fotos verstreut, die sie mit anderen zeigten, als Kind und als Erwachsene, aber nichts, was er als Hochzeitsbild bezeichnen würde. Und er konnte schlecht durch ihren Schreibtisch schnüffeln, bevor sie eingeschlafen war.

In ihrem Schrank hatte er nur Damenkleider gesehen. Kein Hinweis auf die Anwesenheit eines Mannes, außer eine alte Lederjacke, von der er annahm, dass sie fast so alt, wenn nicht älter war als sie selbst.

Sein Herz tat ihm weh, sein Körper sehnte sich danach, sie zu halten, sein Schwanz sehnte sich danach, in sie einzudringen und sie zu beanspruchen. Nicht, dass er das könnte, bis Ain sie zuerst beansprucht hatte, aber trotzdem …

Brodey winselte.

Bevor sie ins Bett ging, hörte sie die Mailbox ihres Büros ab, und er sah, wie ihr Gesichtsausdruck plötzlich traurig wurde. Sie sah ihn an. »Du heißt Beta?« Brodey winselte wieder und legte seinen Kopf auf seine Pfoten.

Verdammt, Ain und Cail müssen das Video gesehen haben.

Sie notierte sich etwas und legte dann auf. Sie sah fast so traurig aus, wie er sich fühlte.

Elain kniete sich neben ihn. »Hallo, Beta.«

Brodey hob den Kopf. Dass Ain die Geburtsreihenfolge anstatt seines Namens verwendet hatte, zeigte, wie sauer er wirklich war. Es gab keine Hoffnung mehr, bei Elain bleiben zu können, selbst wenn er sich wieder zurückverwandelt hatte. Der Prime bestimmte und der Beta musste ihm folgen. So waren die Regeln des Codes ihrer Vorfahren.

Er leckte ihr Gesicht und genoss den süßlich-salzigen Geschmack ihrer Haut. Sie war perfekt.

»Ich schätze, ich bringe dich morgen zu deinem Daddy zurück.«

Nun, so ungefähr, Baby.

»Ich habe morgen frei, also fahre ich dich nach Hause. Aber ich werde erst morgen früh anrufen.«

Brodey tröstete sich damit, dass er noch eine Nacht bei ihr schlafen durfte.

* * *

AM NÄCHSTEN MORGEN sah Cail zu, wie Ain beim zweiten Klingeln zum Telefon griff. »Aindreas Lyall.«

»Herr Lyall? Mein Name ist Elain Pardie. Sie haben wegen des Hundes angerufen.«

Cail stand daneben und lauschte. Es war *sie*! Sogar durch das Telefon brachte ihre Stimme sein Inneres zum Vibrieren. Wie konnte Ain es nicht fühlen? Sobald er sie gerochen hatte, würde er einsehen müssen, dass sie die *Eine* für sie war.

Ain atmete erleichtert auf. Sie hatten beide eine unruhige Nacht gehabt und auf ihren Anruf gewartet, und jetzt war es acht Uhr morgens. »Ja, vielen Dank. Ich bin so froh, dass Sie Beta gefunden haben. Wir haben uns große Sorgen um ihn gemacht. Vielen Dank, dass Sie sich um ihn gekümmert haben.«

»Wie ist er abgehauen?«

»Er sollte eigentlich bei einer Aufführung über Hütehunde mitmachen und hat es dabei irgendwie geschafft, aus seinem Käfig zu entwischen, als wir nicht hingeschaut haben. Ein Polizist hat uns gesagt, dass er mit einem Nachrichten-

30

team weggefahren sei, aber wir waren uns nicht sicher, mit welchem.«

»Nun, ich habe heute frei. Es macht mir nichts aus, ihn nach Hause zu fahren. Wenn Sie mir die Adresse geben, esse ich noch kurz etwas und bringe ihn dann zurück.«

Sein Bruder gab ihr die Adresse, legte dann auf und funkelte Cail an. »Du wirst dich verwandeln, bevor sie kommt.«

»Warum?«

»Weil wir keine Papiere für unseren ›Hund‹ haben«, knurrte Ain. »Wenn sie dich sieht, seinen Zwilling, wird sie keine Frage stellen und ihn uns geben.«

Cail hatte keine Wahl.

Verdammter Prime-Code.

* * *

KURZ NACH ELF öffnete Ain die Haustür und steckte seinen Kopf hinein. Cail hatte in seinem Büro an der Buchhaltung der Ranch gearbeitet.

»Verwandle dich und beweg deinen Arsch hier raus. Sie kommt.«

»Bastard«, murmelte er. Doch er stand auf und zog sein Hemd aus, während er zu ihrem gemeinsamen Schlafzimmer ging. Er ließ seine Kleidung auf das Bett fallen und verwandelte sich, dann trottete er zur Vordertür hinaus. Ain hatte sie für ihn offen gelassen.

Als sie in die Einfahrt einbog, kämpfte Cail gegen den Drang an, ihr entgegenzurennen und ins Auto zu springen. Er entdeckte Brodey auf dem Rücksitz. Als sie ihre Tür öffnete, fiel Cail fast um, während die Wolke ihres süßen Duftes ihn umhüllte.

Sie.

Es gab keinen Zweifel.

An dem leicht glasigen Ausdruck in Brodeys Augen konnte er sehen, dass er recht hatte.

Ain lief um das Haus herum, kam ihr aber nicht zu nahe. »Hallo, Frau Pardie?«

»Sie können mich Elain nennen.« Sie öffnete die Hintertür, aber Brodey hatte es nicht eilig, aus dem Fahrzeug auszusteigen.

Was Cail gut nachvollziehen konnte.

Ain sah sein Zögern. »Beta, *komm.*«

Prime-Code.

Brodey senkte den Kopf und kam langsam heraus. Er blieb neben Elain stehen und liebkoste ihre Hand, bevor er langsam zu Ain ging und sich vor ihn auf die Stelle setzte, auf die Ain deutete.

In diesem Moment stürzte Cail auf Elain zu und schnupperte an ihrer Hand, bevor Ain ihn zurückrufen konnte.

Er schloss die Augen und atmete tief ein. *Sie ...*

»Gamma, *komm.*«

Scheiße.

Mit eingezogener Rute drehte Cailean sich um, ging zu Ain hinüber und legte sich neben Brodey. Er konnte nicht widerstehen, sich vorzubeugen und an seinem Bruder zu schnüffeln. Er roch nach ihr.

* * *

ELAIN SCHLOSS DIE AUTOTÜREN, ging hinüber und blieb hinter ihnen stehen. »Wow, sie sehen identisch aus. Wie unterscheidet man sie?«

Es war der Typ! Derselbe gut aussehende Kilt-Typ von der Veranstaltung. *Und* aus ihrem feuchten Traum.

Wow!

Seine intensiven grauen Augen jagten einen angenehmen Schauer durch sie hindurch. Heute trug er enge Jeans, aus denen sie ihm gerne heraushelfen würde, und ein Arbeitshemd mit Knöpfen, das viel zu viel von seinem durchtrainierten Oberkörper bedeckte.

»Sie haben unterschiedliche Augen«, sagte er. Lyalls tiefe, schwingende Stimme bewegte etwas in ihr. »Betas Augen sind grün. Gammas sind braun. Und ihre Persönlichkeiten sind auch unterschiedlich. Beta ist ein Nörgler.« Er sah auf seine Hunde hinab. »Ihr anderer Bruder, Alpha, hat graue Augen. Er ist auch irgendwo hier.«

»Nun, es tut mir leid, dass ihr euch solche Sorgen gemacht habt. Wir hätten noch ein bisschen länger auf dem Parkplatz warten sollen, aber ich hatte eine Deadline. Und ich wollte ihn nicht ins Tierheim bringen.«

»Das ist in Ordnung, Miss Pardie. Wir wissen es zu schätzen, dass Sie sich um ihn gekümmert haben.«

»Nenn mich ruhig Elain, bitte.«

»Elain. Meine Brüder werden dir persönlich danken wollen. Sie werden gleich raus kommen.« Er sah auf seine Hunde hinab. »Ins Haus. *Sofort.*« Die beiden Hunde standen sofort auf und trabten zum Haus.

»Wow. Sie sind sehr artig.«

»Normalerweise schon. Gestern war ungewöhnlich. Ich hoffe, er hat dir keine Probleme bereitet.«

»Nein, er war perfekt.« Sie lachte. »Es war, als wäre er an meine Seite geklebt. Ich muss ehrlich sagen, wenn ihr euch nicht gemeldet hättet, hätte ich ihn behalten.«

»Ich erstatte dir gerne alles, was du für ihn ausgegeben hast, sowie deine Zeit und dein Benzin, um hierherzufahren.«

»Nein, ist schon gut.« Elain trat ein wenig näher … Aber bildete sie sich ein, dass er zurückwich?

* * *

AIN MUSSTE ZURÜCKWEICHEN.

Ach, du Scheiße! Die Arschlöcher hatten recht!

Als Elain näher trat, machte er einen weiteren Schritt zurück. Das musste er, sonst wäre er zu sehr in Versuchung, sie zu packen und zu küssen. Stattdessen versuchte er, sich auf ihre Eheringe zu konzentrieren.

Vergeben. Sie ist vergeben.

Er wollte weinen, wollte seine Emotionen aber nicht vor seinen Brüdern zeigen. Egal, wie sehr sein Herz auch wehtat. Und er hatte schon mal Liebeskummer gehabt – das hatten sie alle.

Aber so verliebt er damals auch gewesen war, es war nichts im Vergleich zu dem absoluten Tsunami der Begierde, der ihn gerade überflutete. Cail und Brodey tauchten einen Moment später auf und stellten sich hinter Ain. Er spürte ihre Anspannung, ihren Eifer, in ihrer Nähe sein zu wollen. Er musste sie dazu bewegen, zu gehen.

Und zwar schnell.

* * *

ELAIN STARRTE DIE MÄNNER AN. *Heilige Scheiße, gleich dreimal!* Sie waren identisch. Die beiden anderen Brüder waren barfuß, trugen aber auch Jeans und Arbeitshemden.

Nein, warte, sie waren nicht ganz identisch. Einer hatte grüne Augen, der andere braune, und Aindreas Augen waren grau. Und das Haar des grünäugigen heißen Kerls war genauso dick wie das der anderen, er trug es aber etwas länger und es war nicht so ordentlich wie das seiner Brüder.

»Meine Brüder, Cailean«, Aindreas nickte in Richtung des braunäugigen Hotties, »und Brodey«, er deutete auf den grünäugigen, hinreißenden Kerl.

»Freut mich, euch kennenzulernen«, antwortete sie und

hoffte, dass sie dabei nicht sabberte. Was zum Teufel war los mit ihr?

Die beiden Brüder lächelten und nickten, machten aber keine Anstalten, näher zu kommen. Sie blieben stattdessen hinter Aindreas stehen. Dadurch bekam sie den Eindruck, dass er das Sagen hatte, obwohl es offensichtlich Drillinge waren.

Seltsam.

»Nochmals vielen Dank, dass du den ganzen Weg hierhergekommen bist«, sagte Aindreas. »Wir wissen das sehr zu schätzen.«

»Kein Problem.« Sie leckte sich über die Lippen und suchte nach einem Grund, einer Ausrede, nicht zu gehen. »Ähm, bildet ihr Hunde professionell aus?« Er verschränkte die Arme. »Wir betreiben hier eine Rinderfarm. Das setzt einige Fähigkeiten voraus.«

* * *

AIN VERSUCHTE, nicht durch die Nase zu atmen, was sein Problem verschlimmerte. Da der Wind in seine Richtung wehte und so ihren Duft direkt zu ihm brachte. Er konnte sie im Wind schmecken, während er durch seinen Mund einatmete.

»Ich würde gerne einmal eine Demonstration sehen.«

Ich hab etwas anderes, was ich dir gerne zeigen würde.

Er schaffte es nur mit ganzer Willenskraft, das nicht laut zu sagen.

Wieder konzentrierte er sich auf die Ringe an ihrer Hand und bemühte sich, die Kontrolle zu behalten.

Als er wusste, dass er wieder sprechen konnte, nickte er knapp. »Das würde ich gerne tun, aber ich fürchte, wir haben heute viel zu tun. Vielleicht ein andermal. Nochmals vielen

Dank, dass du dir die Zeit genommen hast, ihn zurückzubringen, und eine gute Fahrt nach Hause.«

* * *

OK, na dann.

Der Grauäugige drehte sich um und ging zum Haus, doch die anderen beiden Brüder blieben stehen und starrten sie an, als wollten sie reden. Sie wollte gerade etwas sagen, als Aindreas sich umdrehte. »Brodey, Cailean, wir haben viel zu tun. Jetzt.«

So wie er das letzte Wort betont hatte, fühlte sie sich fast gezwungen, ihnen ebenfalls zu folgen, und machte beinahe einen Schritt in seine Richtung. Die beiden Männer lächelten verschämt, drehten sich um und folgten ihm ins Haus.

Sie schluckte schwer und fühlte sich ein wenig … leer.

Wie idiotisch ist das denn?

Einen Moment später wurde Elain klar, dass sie immer noch allein im Hof der Lyalls stand. Also drehte sie sich widerwillig um, stieg in ihr Auto und fuhr davon.

In den nächsten zwei Tagen dachte sie jedes Mal, wenn sie einen Moment für sich hatte, an die Brüder. Und wie sehr sie Beta vermisste. Sie brachte das, was vom Hundefutter übrig war, mit den Näpfen, der Leine und dem Halsband zu einem Tierheim als Spende.

Dumm. Sie hätte sich nie Hoffnungen machen sollen.

Sie versuchte immer wieder, Ausreden zu finden, um Aindreas Lyall anzurufen, weil sie einen Termin für eine Demonstration vereinbaren wollte, und wusste, dass sie es nicht sollte. Nicht, nach der kühlen Antwort, die er ihr gegeben hatte.

Wahrscheinlich ist er verheiratet. Oder schwul. Oder ein Psychopath.

Aber weil er so gut aussah, ganz zu schweigen von seinen

beiden Brüdern, war ein schwuler, verheirateter Psychopath vielleicht keine schlechte Sache. Vielleicht wäre es besser, als allein zu sein.

Sie drehte die Ringe ihrer Großmutter an ihrem Finger. Sie waren schon oft hilfreich gewesen, um gruselige Typen fernzuhalten. Erst auf der Heimfahrt von den Lyalls war ihr aufgefallen, dass sie sie immer noch anhatte.

Verflucht. Das eine Mal, dass sie wirklich gewollt hatte, dass ein Typ sie um ein Date bittet, hatte sie es wahrscheinlich versaut. Das war wahrscheinlich der Grund, warum er ihren offensichtlichen Versuch, ein wenig mehr Zeit mit ihnen zu verbringen, abgeblockt hatte.

Großartig.

* * *

KAUM HATTEN Brodey und Cail die Tür hinter sich geschlossen, waren sie hinter Aindreas her und bettelten.

»Bitte«, sagte Brodey, »du kannst mir nicht erzählen, dass du sie nicht gerochen hast!«

Aindreas funkelte ihn an. »Lass es. Sofort. Sie ist verheiratet, Arschloch.«

»NEIN! Ich glaube nicht! Da war kein Mann …«

»SCHLUSS DAMIT!«, brüllte Aindreas. »Redet nie wieder mit mir darüber, dass sie unsere Eine ist. Ende der Diskussion.« Er stürmte aus der Hintertür und knallte sie hinter sich zu.

Brodey wollte weinen. Verdammter Prime-Code.

Er zerrte Cail ins Schlafzimmer und schloss die Tür. »Sie ist es!«

»Was ist mit ihrem Mann?«

»Da war nirgendwo ein Mann, nicht einmal der Geruch von einem! Die einzigen Männer, mit denen sie Kontakt hatte, während ich bei ihr war, waren ihre Kollegen. Sie hat nicht einmal mit irgendwelchen Typen telefoniert, es sei denn, es ging um die Arbeit.«

»Was ist mit ihren Ringen?«

Brodey schüttelte den Kopf. »Ich weiß es nicht. Ich hatte keine Gelegenheit, mich umzusehen. Ich weiß nur, dass in ihrem Haus seit langer Zeit kein Mann mehr war. Keine Männerkleidung im Schrank. Keine Fotos von Männern. *Nichts.* Der Sperrbildschirm ihres Handys hatte ein Foto von einem Sonnenuntergang am Strand. Das ist fast ein Beweis dafür, dass sie in keiner Beziehung ist.«

Cail kaute auf seiner Lippe. Wenn jemand ein Schlupfloch finden konnte, um die Prime-Regel zu umgehen, war es Cail.

»Wir müssen mit ihr reden.«

Brodey seufzte. »Ain hat es uns verboten.«

Doch Cail begann breit zu grinsen. »Nein, er hat nur gesagt, dass wir nicht mehr mit ihm darüber reden dürfen.«

Brodey grinste nun genauso wie sein Bruder und schlug Cail auf die Schulter. »Genie!«

KAPITEL VIER

Cail und Brodey warteten ein paar Tage, bis Ain sich beruhigt hatte. Er benahm sich die ganze Zeit mürrisch und schlecht gelaunt.

Cail vermutete, dass Ain auch gespürt hatte, dass Elain Pardie die *Eine* war.

Aber weil er ihre Ringe gesehen hatte, hatte Ain dicht gemacht, denn er wusste, dass er als Prime den Code ihrer Vorfahren durchsetzen musste. Auch wenn seine Weigerung, mit ihnen zu sprechen, irrational war. Da es Brodey und Cail nun verboten war, mit Ain darüber zu sprechen, mussten sie kreativ sein.

Brodey und Cail warteten ein paar Tage, bis sie wieder zum Einkaufen in die Stadt mussten, duschten dann schnell, zogen sich um und sprangen in den Truck, bevor Ain ihren Plan durchschauen konnte. Dann fuhren sie direkt nach Venice.

Brodey gab Cail die Wegbeschreibung zum Fernsehsender. Als sie ankamen, brachte der Anblick von Elains Auto, das draußen geparkt war, ein Grinsen auf die Gesichter beider Männer.

»Ja!«, jubelte Brodey.

Cail hatte den Wagen kaum geparkt, als Brodey hinaus und zu ihrem Auto stürmte und tief Luft holte. Cail gesellte sich zu ihm, nachdem er geparkt hatte, schloss die Augen und füllte seine Lungen mit ihrem Duft.

»Das muss sie sein«, murmelte er und sah sich um, um sicherzustellen, dass sie nicht beobachtet wurden. »Ausnahmsweise liegst du richtig, Schwachkopf.«

Sie gingen hinein und blieben an der Rezeption stehen. Es war kurz nach zwei, vielleicht konnten sie Elain zu einem späten Mittagessen mit ihnen überreden. Brodey lächelte die Empfangsdame an. »Wir sind hier, um Elain Pardie zu sehen. Brodey und Cailean Lyall.«

Die Rezeptionistin lächelte und nickte. »Ich rufe sie an.« Cail wusste, dass Brodey normalerweise versuchen würde, die Frau ins Bett zu bekommen, weil sie süß war.

Aber er machte keine Anstalten, mit ihr zu flirten, schließlich hatten sie ihre *Eine* gefunden.

Ein paar Minuten später kam Elain hinaus und beide Männer widerstanden dem Drang, vorzustürmen und sie zu umarmen. Brodey hatte zugestimmt, Cail das Reden zu überlassen.

»Ich muss schon zugeben, das ist eine Überraschung«, sagte sie und streckte die Hand aus, um zuerst seine zu schütteln.

Cail starrte in ihre wunderschönen blauen Augen, während er ihre Hand schüttelte und sich bemühte, sie nicht in seine Arme zu ziehen und zu küssen. »Wir haben ein schlechtes Gewissen, weil wir neulich keine Zeit mit dir verbringen konnten.«

»Deshalb wollten wir fragen, ob wir dich zum Essen ausführen dürfen«, sagte Brodey, nachdem er ihre Hand geschüttelt hatte. »Es tut uns leid, dass wir neulich beschäftigt waren, es war viel los. Uns ist aufgefallen, dass wir vielleicht etwas unhöflich rübergekommen sind.«

* * *

ELAINS HERZ RASTE. Die beiden waren nicht unhöflich rübergekommen, aber Aindreas auf jeden Fall schon. Obwohl sie vor Kurzem ein Sandwich gegessen hatte und nicht wirklich hungrig war, nickte sie. »Das würde ich gerne. Ich packe nur kurz meine Sachen zusammen, dann bin ich bereit. Gebt mir fünf Minuten Zeit.«

»Wir warten hier draußen auf dich«, sagte Cailean.

»Okay!« Sie blickte erst in Caileans braune Augen und dann in Brodeys grüne. Ihr fiel auf, dass seine Augen ihr seltsam bekannt vorkamen. Tief in ihr zog sich etwas auf angenehme und erregende Weise zusammen.

Das konnte nur Ärger bedeuten. Doppelter Ärger.

Oder genau genommen, Ärger im Dreierpack.

Doch wenn man bedachte, wie abweisend und distanziert ihr anderer Bruder war, war das vielleicht kein Problem.

Sie sah sich schnell die E-Mail an, an der sie gearbeitet hatte, ihre Hände zitterten.

Idiotisch. Sie waren sicher vergeben. Und wie sollte man sich je zischen ihnen entscheiden können?

Sie zitterte, während ihr ein herrlich unanständiger Gedanke in den Sinn kam, den sie schnell wieder verdrängte.

Nein, *verdammt* nein. Das war …

Die beiden Brüder gleichzeitig zu haben, war eine verdammt heiße Vorstellung, aber nichts, das jemals im wirklichen Leben passieren würde.

Als sie zurückkam, warteten sie immer noch. »Wohin?«, fragte sie.

Cailean lächelte. »Wohin du willst. Wir laden dich ein.«

Wie wär's bei mir zu Hause im Bett?

Verdammt!

Sie leckte sich über die Lippen. »Gleich die Straße runter ist ein Restaurant.«

Die Brüder nickten und folgten ihr.

Fast wäre sie ihrer Einladung gefolgt, mit ihnen in ihrem Truck mitzufahren, aber irgendwie hatte sie sich dann doch nicht getraut. Der Parkplatz des Restaurants war voll und sie mussten hinter dem Gebäude auf einem angrenzenden Parkplatz parken. Wenigstens war es dort schattig. Die Brüder parkten neben ihr, zwischen ihrem Auto und dem Restaurant. Sie versuchte nervös, Small Talk zu führen, während sie zu dritt hineingingen. Während sie darauf warteten, Platz zu nehmen, kämpfte sie gegen den Drang an, ihre Hände zu nehmen und zu halten.

Was zum *Teufel* war los mit ihr?

Sie ließen sie keine Sekunde aus den Augen und das war keine Übertreibung. Und zwar nicht auf eine gruselige Stalker-Art, sondern mit einer leidenschaftlichen Intensität, die ihr Höschen nass werden ließ. Sie hoffte, dass sie keinen feuchten Fleck auf ihrem Rock hatte.

In der Nähe dieser beiden Männer konnte sie kaum klar denken.

Das Mittagessen dauerte über drei Stunden und die Zeit verging wie im Flug. Sie redeten die meiste Zeit, anstatt zu essen und sie erfuhr, dass sie Viehzüchter auf einer Farm in Arcadia waren, wo sie eine Rasse züchteten, die in Florida immer seltener wurde.

»Und wo ist euer anderer Bruder heute?«, fragte sie schließlich. »Er scheint das Sagen zu haben, oder?«

Cail zuckte mit den Schultern. »Das hat er. Ain ist beschäftigt. Hat viel zu tun.« Er zwinkerte. »Wir sind geflohen. Wir schwänzen, um dich zu sehen.«

Da hielt sie es nicht mehr länger aus. »Eure Frauen haben

nichts dagegen, dass ihr mit einer fremden Frau so lange Mittagessen seid?«

Sie grinsten. »Wir sind nicht verheiratet«, sagte Brodey.

Gott, seine grünen Augen waren wunderschön!

»Wir haben auch keine Freundinnen«, fügte er hinzu. »Alleinstehend und zu haben.«

»Und hetero«, fügte Cail hinzu und sein Blick durchbohrte sie.

Sie war sich nicht sicher, ob sie in diesem Moment aufstöhnte. *Verflucht!*

»Und du?«, fragte Cail und nickte in Richtung ihrer linken Hand. »Wie lange bist du schon verheiratet?«

Sie errötete. »Nein, ich bin nicht verheiratet. Ich treffe mich nicht mal mit irgendjemandem.« Sie spielte mit den Ringen und verfluchte sich innerlich dafür, vergessen zu haben, sie im Auto zu lassen.

Beide Männer schienen plötzlich wie versteinert. Dann sprach Cail wieder. »Was ist mit deinen Ringen?«, fragte er in einem vorsichtigen, zögerlichen Ton.

»Sie haben meiner Großmutter gehört. Ich trage sie, damit ich nicht angemacht werde.«

Die Männer sahen sich an und grinsten breit.

»Was?«, fragte sie.

Brodey lachte und schien sich zu entspannen. »Nichts. Wir dachten nur, du wärst verheiratet.«

»Ach, nein. Nie verheiratet gewesen. Hatte seit über einem Jahr keine Beziehung oder überhaupt ein Date.« Sie konnte das Unvermeidliche nicht aufschieben, egal, wie sehr sie es genoss, Zeit mit ihnen zu verbringen. »Also, danke euch beiden, das war wunderbar. Ich habe morgen einen frühen Termin und muss nach Hause, damit ich ins Bett gehen kann. Der Wecker um drei Uhr morgens wird sonst unangenehm sein.« Am liebsten wäre sie mit einem oder beiden Männern ins Bett gekrochen.

Bei der Vorstellung begann ihr Herz zu hüpfen. Oder vielleicht war es nicht ihr Herz, sondern eine andere Stelle ihres Körpers. Die Empfindung war tief zwischen ihren Beinen.

Die Männer bezahlten die Rechnung und brachten sie zu ihrem Auto. Vor ihr trat Cail zwischen ihre Fahrzeuge und drehte sich dann zu ihr um. »Du bist wunderschön, Elain«, flüsterte er.

Sie keuchte, da seine Stimme so emotional und ernst geklungen hatte. Wie konnte er diese Wirkung auf sie haben? »Danke schön.«

Sie war sich bewusst, dass Brodey dicht hinter sie getreten war. Die Hitze seines Körpers durchströmte sie, obwohl sie sich nicht berührten.

»Unglaublich schön«, flüsterte Brodey ihr ins Ohr.

Sie schloss die Augen und war sich vollkommen bewusst, dass sie kurz davor war, wegen dieser beiden Typen komplett die Kontrolle zu verlieren, was überhaupt nicht typisch für sie war.

Als Cail sie küsste, brachte seine sanfte, federleichte Berührung sie zum Stöhnen. Anstatt ihn wegzustoßen, packte sie seinen Kopf und vergrub ihre Finger in seinem Haar, drückte ihre Lippen auf seine.

Brodey stöhnte hinter ihr und drückte seinen Körper an ihren. Sie spürte seine harte Erektion durch seine Jeans, und als er sie gegen Cail drückte, spürte sie auch seine.

Dann ließ Cail sich auf die Knie nieder. Sie war sich vage bewusst, dass sie sich, obwohl sie von den beiden Fahrzeugen abgeschirmt waren, immer noch in der Öffentlichkeit befanden.

Brodeys Hände umfassten ihre Brüste durch ihr Oberteil, während er sie an sich zog. »Schließe deine Augen und entspanne dich«, flüsterte er gegen ihren Nacken. »Niemand kann uns sehen.«

Sie warf ihren Kopf gegen seine Schulter, befolgte seine Anweisungen gerne und spürte instinktiv, dass diese beiden Männer nicht zulassen würden, dass ihr etwas Schlimmes widerfahren würde.

Als der gesunde Menschenverstand in ihr versuchte, sich durchzusetzen, schob sie ihn mit aller Kraft aus ihrem Kopf und schloss die Tür dahinter ab.

Cail schlüpfte mit dem Kopf unter ihren Rock. Sie protestierte nicht, als er ihr Höschen zur Seite schob und dann ihre Beine ein wenig weiter auseinanderdrückte. Seine sengend heiße Zunge umkreiste ihre Klitoris, dann drang sie tief in sie ein.

Sie stöhnte. Das musste einer ihrer heißen, feuchten Träume sein, denn so etwas passierte im echten Leben einfach nicht!

Brodey küsste sie, seine und ihre Zunge duellierten sich, während Cail sie schnell zum explosivsten Orgasmus brachte, den sie je in ihrem Leben gehabt hatte. Schwach und unfähig, sich zu bewegen, ließ sie sich von Brodey halten. Cail stand auf und öffnete dann die Beifahrertür ihres Wagens.

»Jetzt bin ich dran«, sagte Brodey, hob sie mühelos auf den Sitz und drückte sie auf den Rücken. Bevor Elain protestieren konnte, hatte er ihren Rock hochgeschoben, sein Gesicht zwischen ihren Schenkeln vergraben und ihre Beine über seine Schultern gelegt.

Elain schloss die Augen und stöhnte. Cails Finger schoben sich zwischen ihre. »Gib es ihm, Baby«, ermutigte er sie. »Oh Gott, du bist perfekt.«

Brodeys Zunge erkundete sie, tauchte in sie ein und leckte dann ihre Klitoris, bevor sie sich wieder tief in sie schob.

Wenn sie so gut mit ihrem Mund waren …

Verdammte Scheiße!

Sie explodierte und schrie auf, während ihr Höhepunkt sie umspülte wie eine kraftvolle Welle. Dann ließ sie den Kopf auf den Sitz fallen und schnappte nach Luft.

Als die Realität zurückkehrte, wurde ihr klar, was sie gerade getan hatte. Sie hatte zwei fremden Männern erlaubt, mit ihr intim zu werden.

In der Öffentlichkeit.

Verlegen setzte sie sich auf und schob ihren Rock herunter. Aber die Männer sahen so aus …

Noch nie zuvor hatte sie ein Typ so angesehen.

Als wären sie verliebt.

»Ist alles in Ordnung?«, fragte Cail.

Sie nickte. Brodey half ihr aus dem Wagen, dann zog er sie wieder in seine Arme und küsste sie. Sie wollte …

Nein!

»Ich muss nach Hause«, murmelte sie und kramte in ihrer Handtasche nach ihrem Schlüsselbund.

Cail streichelte ihre Wange und beugte sich vor, kuschelte sich an sie und atmete tief ein, als würde er ihren Duft in sich aufnehmen wollen. »Können wir mitkommen? Bitte?« fragte er leise.

Sie schüttelte den Kopf. »Nein! Nein, es tut mir so leid. Ich weiß nicht, was in mich gefahren ist …« Sie wurde rot, ihre Hände zitterten, während sie versuchte, ihre Autotür aufzuschließen. Sie konnte nicht mit ihnen allein sein! Sie wusste nicht, was zum Teufel mit ihr los war, aber wenn sie mit ihnen allein wäre, wäre sie wirklich am Arsch.

Daran bestand kein Zweifel

Warte, warum wäre das ein Problem?

»Ich bin … Danke für das Mittagessen.« Sie wich ihren Blicken aus und löste sich widerwillig aus Brodeys Armen. Zuerst war sie sich nicht sicher, ob er sie loslassen würde – oder ob sie sich gegen ihn wehren konnte, sollte er sie nicht loslassen –, aber er tat es widerwillig, nachdem er ihr einen zärtlichen Kuss auf den Handrücken gegeben hatte.

Sie schloss ihre Autotüren ab und holte tief Luft, bevor sie den Motor startete und losfuhr. Auf dem Heimweg musste sie anhalten, um sich zu beruhigen. Und um zu weinen.

Zu Hause angekommen, duschte sie und weinte noch mehr. Sie wusste nicht, ob es wegen dem war, was sie getan hatte oder wegen dem, was sie nicht getan hatte – ihre Bitte, mit ihr nach Hause kommen zu dürfen, abzulehnen.

Eines war sicher, sie fühlte sich jetzt noch geiler als vorher, und die Erinnerung an das, was sie mit ihr gemacht hatten, war alles, woran sie denken konnte. Sie schnappte sich ihr Duschmassagegerät und benutzte es, um drei weitere Orgasmen zu bekommen, die nicht annähernd so befriedigend waren wie die beiden, die ihr die Männer auf dem Parkplatz beschert hatten.

Danach war sie immer noch geil.

Elain war sich nicht sicher, ob sie jemals einschlafen würde. Doch endlich, zwei Stunden bevor ihr Wecker klingelte, um sie zur Arbeit zu wecken, tat sie es dann doch.

* * *

CAIL UND BRODEY sahen ihr nach, während sie davonfuhr. Schweigend stiegen sie in den Truck und Cail ließ den Motor an. Sie saßen bei laufendem Motor und mit geschlossenen Augen da und atmeten die Spuren ihres Geruchs ein, der noch im Innern des Wagens war.

»Du hast es gespürt, oder?«, flüsterte Brodey.

»Ja«, sagte Cail mit heiserer Stimme voller Emotionen. »Es ist mir scheißegal, was Ain sagt. Sie ist unsere *Eine*.«

»Herrgott, ich wollte sie unbedingt ficken.«

»Das können wir nicht.«

»Ich weiß.«

Cail öffnete die Augen. »Wir können nicht einmal einen gottverdammten Blowjob von ihr bekommen«, grummelte er. »Nicht, bis wir herausgefunden haben, wie wir Mr. Prime-Arschloch dazu bringen können, uns zuzuhören und von seinem verdammt hohen Ross herunterzusteigen.« Wütend legte er den Rückwärtsgang ein und fuhr aus der Lücke.

Das besagte der Code der Vorfahren – der Prime kam an erster Stelle, wenn sie ihre Gefährtin gefunden hatten. Normalerweise galt das für Zwillinge, aber auch bei Drillingen kam diese Regel zum Einsatz. Ain musste der Erste sein, der mit ihr schlief. Jeder von ihnen konnte mit anderen Frauen schlafen, bis sie ihre Gefährtin gefunden hatte, aber mit ihrer Gefährtin musste der Prime der Erste sein.

Und jetzt, da sie ihre *Eine* gefunden hatten, konnten sie ohnehin mit niemand anderem schlafen. Nicht, dass sie es gewollt hätten. Keine andere Frau würde jetzt noch mithalten können.

Sie erinnerten sich kaum daran, wie sie anhielten, um Lebensmittel einzukaufen, bevor sie nach Hause zurückkehrten. Als sie ankamen, kochte Ain vor Wut. Als er ihnen nahe genug kam, um sie zu riechen, erstarrte er.

»Was zum Teufel habt ihr beide getan?«, knurrte er.

Cail und Brodey sahen sich nervös an, während Cail nach etwas suchte, gegen das Ain nichts sagen konnte und das nicht gegen den Prime-Code verstoßen würde.

»Manche Frauen tragen Eheringe, auch wenn sie nicht verheiratet sind, weißt du? Um Männer davon abzuhalten, sie anzubaggern. Familienerbstücke. Das heißt nicht, dass sie verheiratet oder vergeben sind.«

»Sagt mir nicht, dass ihr euch mit ihr getroffen habt!«

Die Brüder antworteten nicht.

* * *

AIN DREHTE SICH UM, ging auf und ab und fuhr sich mit der Hand durchs Haar. Wegen seiner Wut und dem verdammten Geruch, der ihn ablenkte, konnte er nicht klar denken. Er wollte sie packen, die Wahrheit aus ihnen herausprügeln und dann an ihnen riechen, solange sie noch ihren Geruch an sich hatten.

»Ich habe euch gesagt, dass ihr es lassen sollt. Wie konntet ihr es trotzdem tun?«

»Du hast uns nur gesagt, dass wir nicht mehr mit dir darüber reden sollen«, schoss Cail zurück. »Wenn du aufhören würdest, dich wie ein Arschloch zu benehmen, und mit dir reden lassen würdest, könnten wir diese ganze Sache in fünf verdammten Sekunden klären.«

Aindreas stürmte aus der Hintertür und knallte sie hinter sich zu. Draußen stampfte er im Hinterhof auf und ab und versuchte, den sehr dominanten und beharrlichen Teil seiner Seele zu ignorieren, den Wolf, der die Frau, deren Duft jetzt seine Brüder umhüllte, beanspruchen, markieren und für immer besitzen wollte.

Doch er hatte sich vor langer Zeit geschworen, dass er das niemals einer Frau antun würde.

Er fühlte sich nur ein kleines bisschen besser, als er ein paar Minuten später zurückkam. »Okay, also gut«, fauchte er. »Spuckt es schon aus.«

Brodey und Cail wechselten einen weiteren Blick, dann begann Cail zu sprechen. »Es sind die Ringe ihrer Großmutter. Sie ist nicht verheiratet, und hat auch keinen Freund. Sie ist Single. Sie trägt die Ringe nur, um nicht angemacht zu werden.«

»Was habt ihr beide heute mit ihr gemacht? Ihr wisst verdammt genau, dass wir keine Frau zwingen werden, bei uns zu sein.«

»Glaube uns verflucht noch mal, es war keine Gewalt im Spiel.« Dann erzählte Cail ihm, was auf dem Parkplatz passiert war.

Ain stöhnte. »Ihr dummen Arschlöcher. Wie konntet ihr ihr das antun?«

»Was? Wir haben nicht mit ihr geschlafen, und wir haben sie nicht markiert!«

Nicht, dass sie das ohne den Alpha gekonnt hätten.

Ain schüttelte den Kopf. »Sie muss die Chance dazu haben, sich darüber Gedanken zu machen. Wenn sie wirklich unsere *Eine* ist …« Er stöhnte, setzte sich, und ließ den Kopf hängen. »Auch wenn ihr sie nicht markiert habt, wird es eine Qual für sie.«

»Ich weiß, dass ich nicht immer der Schnellste bin«, sagte Brodey, »aber das verstehe ich wirklich nicht. Wovon zum Teufel redest du?«

»Sie muss sich unterwerfen, und zwar freiwillig, Dummkopf. Ich habe euch schon vor Jahren gesagt, dass ich unsere Eine niemals zwingen würde, sollten wir sie je finden. Ich will jemanden, der freiwillig zustimmt, mit uns zusammen zu sein. Ihr habt ihr nichts von dem Verwandeln, der Paarung, dem Markieren, der Zeremonie oder all den anderen Dingen erzählt. Wenn sie entscheidet, dass sie damit nichts zu tun haben will, wird sie nicht in der Lage sein, sich von uns loszureißen. Nicht nach dem, was ihr beide mit ihr gemacht habt. Und sie ist eine verdammte Reporterin!«

Cails Miene wurde ernst. »Oh. Ich habe an nichts davon gedacht. Weil das nicht Teil des Codes ist, habe ich es ehrlich gesagt vergessen.«

»Du hast uns nicht zugehört«, jammerte Brodey. »Wir mussten herausfinden, was los war.«

»Ja, und habt ihr nicht gedacht, dass ihr sie vielleicht anrufen und sie zum Abendessen einladen könntet?«

»Du hast uns gesagt, dass wir nicht mehr mit dir darüber reden dürfen!«

»Ihr habt euch trotzdem hinterhältig benommen, oder? Welchen Unterschied hätte es gemacht?«

Brodey schwieg. Ain schüttelte den Kopf. »Zum Teufel noch mal.«

»Vielleicht«, sagte Cail, »will sie mit uns sein. Hast du jemals darüber nachgedacht?«

»Woher sollen wir das wissen?«, fragte Ain. »Woher sollen wir jetzt wissen, ob es daran liegt, dass sie uns wirklich will oder weil sie so verdammt geil ist, dass sie nicht klar denken kann?«

»Wäre das wirklich so schlecht?«, fragte Brodey.

»Herrgott, verdammt!« Ain trat mit geballten Fäusten ein paar Schritte vor. »Ich habe euch doch gesagt, dass ich eine Gefährtin möchte, die aus freien Stücken bei uns ist! Die alten Methoden, einfach eine Frau zu beanspruchen, sind in unserem Rudel vorbei!«

»Wir haben sie nicht gezwungen«, protestierte Cail.

»Ihr habt ihr keine Chance gegeben, eine wissende Entscheidung zu fällen!«

»Aber wir haben gesehen, dass sie die *Eine* ist!«

»Woher soll *sie* wissen, dass *wir* die Richtigen für sie sind?«

Darauf konnten Cail und Brodey keine Antwort geben.

* * *

DANN STÜRMTE AIN WIEDER HINAUS. Doch als er dieses Mal nach zwanzig Minuten nicht zurückkehrte, machte sich Cail auf die Suche nach ihm. Er fand Ains Kleidung auf der hinteren Veranda.

Das bedeutete, dass er sich verwandelt hatte und laufen gegangen war.

»Also, diese Unterhaltung scheint vorerst beendet zu sein«, fauchte Cail und ging wieder hinein.

»Ist er laufen gegangen?«, fragte Brodey.

»Ja.«

»Verdammt«, murmelte er. »Er ist wirklich sauer, oder?«

»Ja«, sagte Cail.

Dann ging er in sein Büro, um zu versuchen, sich mit etwas Arbeit abzulenken. Ja, er war im Laufe der Jahre bei vielen Zeremonien gewesen, bei denen die Frau zunächst alles andere als bereit gewesen war. Aber ein Alpha nahm sich nie eine Partnerin, wenn er sich nicht ganz sicher war, dass sie die *Eine* war. Niemals. Und am Ende der Zeremonie war die Gefährtin – normalerweise eine Frau – immer froh, beansprucht worden zu sein, egal, wie sehr sie sich am Anfang auch gewehrt hatte. Die meisten Alphas waren männlich, aber es gab auch ein paar Frauen, die Männer beanspruchten. Wie zum Beispiel ihre Alpha-Cousine Mary.

Nachdem Ain vor Jahrzehnten an einer besonders traumatischen Zeremonie teilgenommen hatten, hatte er sich geschworen, dass sie das niemals tun würden. Cousins von ihnen, Alpha-Zwillinge, hatten damals eine Frau gefunden. Aber die Frau hatte sich nur in den einen verliebt, den Prime, und nicht in den anderen. Doch es hatte keine Rolle gespielt, denn beide Männer wussten, dass sie die *Eine* war.

Und jetzt, vierzig Jahre später, waren die drei immer noch glücklich miteinander und erwarteten ihren fünfzehnten Welpen.

Cail und Brodey waren damals nicht bei dieser Zeremonie dabei gewesen, aber sie hatte tiefgreifende Spuren bei Ain hinterlassen. Als er zurückgekommen war, hatten die beiden die negativen Auswirkungen gespürt, die das Erlebnis auf ihn gehabt hatte. Ain hatte darauf bestanden, dass sie ihre potenzielle Gefährtin nicht zwingen würden, wenn sie sie finden sollten, selbst wenn es bedeuten würde, sie gehen zu lassen.

* * *

AM ENDE des darauffolgenden Nachmittags war Elain völlig am Ende. Sie konnte sich auf nichts anderes konzentrieren als auf die Erinnerung daran, wie sich die Zungen der Lyall-Brüder zwischen ihren Beinen angefühlt hatten. Als sie gerade aus der Tür gehen wollte, klingelte ihr Telefon. Sie hätte fast die Mailbox rangehen lassen, sich dann aber doch entschieden, abzunehmen.

»Elain Pardie.«

»Hallo, hier ist Brodey.«

Sie schloss ihre Augen und ihre Muschi wurde plötzlich von einer Welle der Feuchtigkeit durchtränkt, während ihr Bauch sich zusammenzog.

»Hallo«, flüsterte sie.

»Geht es dir gut?«

»Ja.« *Wenn ›gut‹ bedeutet, nur noch an euch denken zu können.*

»Wir wollten dich fragen, ob du am Sonntag zu uns zum Abendessen kommen würdest. Gegen sieben?«

Ihre Hand zerquetschte beinahe den Hörer. Eine Chance, die beiden Brüder wiederzusehen? *Auf jeden Fall!* Aber was war mit …

»Ich weiß nicht, ob das eine gute Idee ist. Ich habe den Eindruck, dass Aindreas mich nicht sehr mag.«

»Nein! Das ist nicht wahr. Er ist der Älteste, das ist alles.«

Das war eine seltsame Begründung, aber egal. »Ihr seid Drillinge.«

»Es geht mehr um die Geburtsreihenfolge. Äh, in unserer Familie ist das eine Art … Tradition.«

In ihr schellten die Alarmglocken, dass das Bullshit war.

»Danke für das Angebot, aber ich glaube nicht, dass ich es annehmen kann.« Auch wenn der Gedanke daran, nicht zu ihnen zu gehen, sie fast zum Weinen brachte.

»Bitte?« Er klang verzweifelt. »Bitte, Elain, wir würden dich gerne zum Abendessen einladen.«

Scheinbar ohne eigenen Willen brachte sie ein zitterndes »Okay« heraus.

Brodey legte auf und drückte Cail in einer festen Umarmung an sich. »Sie hat Ja gesagt!« Ain war die ganze Nacht unterwegs gewesen und noch immer nicht zurück. Sonntagnacht sollte bei ihnen zu Hause ein Treffen des Rudelrats stattfinden, also war das der perfekte Zeitpunkt.

»Vielleicht sind wir bis Sonntagabend ...« Cail beendete den Satz nicht, und ein breites Grinsen erschien auf seinem Gesicht.

»Das hoffe ich, Bruder.«

Ain kehrte erst spät am Abend zurück. Er ging direkt unter die Dusche, ohne mit ihnen zu sprechen, und dann ins Bett. Sie warteten eine Stunde, bis sie sicher waren, dass er schlief, bis sie ebenfalls ins Bett gingen, weil sie ihn nicht stören wollten. Außerdem wollten sie nicht, dass er Fragen stellte.

Aber Brodey und Cail waren sich beide sicher, dass sie aus freien Stücken mit ihnen zusammen sein wollte. Sie würde keine Gewalt oder Überredungskunst brauchen, um alle drei zu akzeptieren.

KAPITEL FÜNF

Auch am nächsten Morgen sprach Ain nicht mit seinen Brüdern. Er schnappte sich einen Becher Kaffee und ging zu den Scheunen auf der anderen Seite des Grundstücks, ohne sich die Mühe zu machen, zu frühstücken.

Brodey und Cail waren erleichtert, denn so konnte er ihre Pläne nicht stornieren oder sie sogar verbieten.

Am Sonntagmorgen ließen sie Ain schlafend im Bett zurück und gingen zu einem nahe gelegenen Laden, um Lebensmittel zu holen. Steak, Salat, frisch gebackenes Brot, ein guter Wein. Sie würden ein wunderbares Abendessen haben, und mit ihr reden. Mit Sicherheit würde sie sie am Ende des Abends, bevor die Ratssitzung des Rudels begann, genauso sehr wollen, wie sie sie wollten. Der Rat würde sich nicht vor Mitternacht versammeln, was ihnen genug Zeig gab, denn andernfalls müssten sie bis zum nächsten Vollmond warten, um sie zu beanspruchen.

Ain war nicht im Haus, als sie zurückkamen, aber sie hatten ihn auf einem der Felder gesehen, wie er Futter zum Vieh brachte. Perfekt.

Als Ain um sechs ins Haus zurückkehrte, hatten Brodey und Cail bereits geduscht und sich umgezogen. Ain atmete tief ein.

»Was ist los?«

Cail richtete seinen Blick auf ihn. »Stell keine Fragen, die wir nicht beantworten wollen, Bruder. Geh einfach duschen und zieh dir etwas Anständiges an.«

»Kommt sie hierher?«

»Bitte? Tu es einfach, ohne uns zu fragen, okay?«

Und tatsächlich ging Ain nicht weiter auf das Thema ein. Stattdessen hörten Cail und Brodey wenige Minuten später die Dusche im Badezimmer laufen.

* * *

ELAIN WAR SICH NICHT SICHER, ob sie das Warten ertragen würde. Sie hatte den starken Verdacht, dass sie das Haus der Lyall-Brüder erst irgendwann, hoffentlich sehr spät, am Montag verlassen würde. Was gut für sie wäre, denn sie war so verdammt geil, dass sie kaum stillsitzen konnte. Egal, wie oft sie das Duschmassagegerät oder einen Vibrator oder sogar ihre eigene Hand benutzte, sie schaffte es nicht, ihr Verlangen für längere Zeit zu lindern.

So hatte sie sich noch nie gefühlt. Es war ihr völlig egal, wie seltsam es eigentlich war, aber sie war bereit, mit diesen beiden Männern ihre wilde Seite herauszulassen. Denn sie wollte sich wieder so gut fühlen wie neulich auf dem Park-platz. Scheiß drauf, sie war siebenundzwanzig und ihr ganzes Leben lang ein braves Mädchen gewesen, relativ brav zumindest.

Es war an der Zeit, etwas Spaß zu haben.

Sie ging shoppen und kaufte sich ein süßes blaues Sommerkleid, das fast ihre gesamte Schulterpartie frei ließ.

Beim Anprobieren stellte sie sich vor, wie verdammt gut es sich anfühlen würde, dort von ihnen geküsst zu werden.

Das Höschen ließ sie ganz weg, schließlich würde es nur im Weg sein.

Zumindest hoffte sie das.

Und auch auf einen BH verzichtete sie.

Als sie ein letztes Mal in den Spiegel schaute, wurde ihr klar, dass sie angezogen war, als würde sie gefickt werden wollen.

Oh, bitte, lieber Gott, ich hoffe es!

Sie kam um fünf vor sieben an, und Brodey und Cail warteten mit einem breiten Grinsen auf den Gesichtern auf der Veranda auf sie.

Obwohl sich Elain seltsam und nervös fühlte, beugte sie sich vor, um sie zu umarmen. Es schien irgendwie die richtige Begrüßung. Genaugenommen hätte sie auch den ganzen Abend dort stehen und sie umarmen können.

Oder mehr.

Sehr viel mehr.

Sie zu umarmen gab ihr ein beruhigendes Gefühl, das so stark war, dass sie sich zwingen musste, die Umarmung zu beenden. So hatte sie sich noch nie gefühlt.

Cail legte ihr die Hand auf den Rücken und führte sie hinein. Das alte Haus im Stil einer Florida-Ranch war groß, und die Wände waren mit Holzleisten aus Zypressen gesäumt. An der Wand über einem Kamin hing ein riesiger Flachbildfernseher. Davor standen zwei große, bequeme Sofas und passende Sessel, die einen Couchtisch umgaben. Vom nächsten Raum, in dem ein großer Esstisch stand, gingen zwei Korridore ab und sie nahm an, dass sie zum Rest des Hauses führten.

In der großen Wohnküche war ein kleiner Tisch für vier Personen gedeckt und es roch himmlisch.

»Wir haben die Steaks noch nicht aufgelegt«, sagte

Brodey und rückte einen Stuhl für sie heran. »Wie möchtest du deins?«

»Blutig, bitte.«

Cail lächelte. »Die Frau ist nach unserem Geschmack. Ich werde die Steaks auf den Grill legen.« Er ging mit einem Teller mit vier Steaks hinaus in den Hinterhof, und sie entdeckte einen großen, teuer aussehenden Profi-Grill.

Brodey setzte sich neben sie und nahm ihre Hand. »Ich kann dir gar nicht sagen, wie froh wir sind, dass du zugestimmt hast, zum Abendessen zu kommen.«

Sie lächelte unbeholfen. Ihre vorherige übermütige Vorfreude darauf, flachgelegt zu werden, war verblasst und stattdessen von Nervosität ersetzt worden. »Ich bin auch froh. Wo ist Aindreas?«

»Er kommt in einer Minute. Duscht noch.«

Sie errötete, während sie sich vorstellte, wie er unter der Dusche aussah. Sie konnte sich die Frage ›Braucht er Hilfe?‹ gerade noch verkneifen.

»Kann ich dir etwas zu trinken anbieten?«, fragte Brodey. »Tee? Wein? Limonade? Bier? Irgendetwas.«

»Tee ist in Ordnung.« Vielleicht war Alkohol keine gute Idee. Es wäre übel, aus Nervosität zu viel zu trinken und dann zu kotzen, anstatt Spaß zu haben.

Wenig später kam er mit einer Tasse zurück. »Zucker?«

»Noch süßer könnte schwierig werden«, schnurrte sie und hoffte, ein wenig die Oberhand zurückzugewinnen, nicht dass sie sie vorher gehabt hätte.

Er lachte und beugte sich vor. Sie dachte, er würde sie küssen, aber stattdessen rieb er seine Nasenspitze an ihre. Irgendwie fühlte sich diese Geste noch erotischer an als ein Kuss.

»Wir können noch viel süßer, Baby.«

»Ja, bitte!«, hauchte sie und schnappte nach Luft.

Er grinste und brachte ihr die Zuckerdose und einen

Teelöffel. Als sich eine Tür öffnete, sahen sie beide auf. Aindreas' Haar war noch feucht von der Dusche, und er sah in seiner Khakihose und dem Hemd mit Knöpfen verdammt gut aus. Er kam in die Küche und blieb an der Tür stehen.

Brodey lehnte sich zurück. Es war fast so, als ob zwischen den beiden Männern ein stummes Gespräch stattfand.

Dann endlich sprach Aindreas. »Danke, dass du zum Abendessen gekommen bist, Elain«, sagte er.

Er klang zwar wie seine Brüder, aber irgendwie auch nicht. Seine Stimme klang tiefer und voller.

»Danke, für die Einladung.«

Gott, bitte lass sie mich wollen!

Aindreas goss sich eine Tasse Tee ein und setzte sich ihr gegenüber an den Tisch. Seine grauen Augen glitzerten und er sah sie direkt an. »Wie ich höre, haben meine Brüder dich neulich zum Mittagessen eingeladen.«

Elain spürte die Röte auf ihren Wangen und fragte sich, was sie ihm sonst noch erzählt hatten. Sie versuchte zu sprechen, räusperte sich, leckte sich die Lippen und versuchte es dann noch einmal.

»Ja, es war sehr nett von ihnen, mich zum Essen auszuführen.« *Herrgott, das klang falsch.*

* * *

AIN LÄCHELTE UND HOFFTE, dass es nicht zu offensichtlich war, dass sein Blick über ihren Körper wanderte.

Oh mein Gott, sie ist wunderschön!

Als ihre Wangen ein entzückendes Rosa annahmen, kämpfte er dagegen an, nicht von seinem Stuhl aufzustehen, Elain über seine Schulter zu werfen und sie ins Bett zu tragen. Es gab keinen Zweifel, sie hatten ausnahmsweise recht gehabt.

Sie war die Eine. Ihr Gefährtin.

Wenn sie sie haben wollte.

Seine Gefährtin würde niemals darum bitten müssen, dass sie aufhörten. Sie würde niemals vor Angst weinen oder schreien oder sich wehren müssen.

Sie würde gerne bei ihnen sein wollen.

Er betete, dass sie es tun würde.

Dann schloss er kurz die Augen und atmete ein. Sie war so nah. Wie schmeckte sie wohl? Er hoffte, dass er bald die Gelegenheit bekommen würde, es herauszufinden. Ja, Cail und Brodey hatten endlich etwas richtig gemacht, indem sie sie vor der Ratssitzung eingeladen hatten. Das gab ihnen genug Zeit, um ihr Herz zu gewinnen oder eben nicht.

Sollte ich mit ihr flirten?

»Sie haben gesagt, sie hätten das … Gespräch mit dir genossen.«

Brodey saß wie ein Idiot da und sah ihnen schweigend beim Reden zu, sein Kopf folgte der Unterhaltung wie einem Tennisspiel.

»Wir hatten ein sehr nettes … Gespräch.«

Sie ist nicht auf den Mund gefallen. »Ich hoffe, du und ich können später auch ein nettes … Gespräch führen.«

Sie errötete noch mehr, was dazu führte, dass sein Schwanz zu pulsieren begann. Gott sei Dank, saß er am Tisch.

»Das hoffe ich auch«, sagte sie und begegnete nach kurzem Zögern wieder seinem Blick.

Er schluckte schwer.

Doch in diesem Moment kam Cail mit den Steaks zurück. »Die Steaks sind fertig, viermal blutig. Elain, sag Bescheid, wenn du deins etwas länger gebraten haben möchtest.« Cail verteilte die Steaks und setzte sich dann. Währenddessen wandte Ain seinen Blick nicht von Elain ab und wartete darauf, dass sie zuerst wegsah.

Als sie es schließlich tat, färbten sich ihre Wangen noch eine Nuance dunkler, was sie nur noch schöner machte.

Ain ließ seine Brüder für eine Weile das Gespräch übernehmen, zögerte aber nie, ihrem Blick standzuhalten, wann immer sie in seine Richtung sah. Ihre wunderschönen blauen Augen, in denen er sich verlieren konnte, und ihr schulterlanges Haar, perfekt, um seine Finger hindurchgleiten zu lassen, während sie seinen Schwanz lutschte.

Schließlich richtete sie einen Kommentar an ihn. »Aindreas, glaubst du, ich könnte heute Abend eine Demonstration bekommen? Von den Hunden?«

»Das lässt sich leicht arrangieren.« Er lächelte. »Und nenn mich ruhig Ain.«

* * *

Es war nach neun, als sie sich alle vom Tisch erhoben. »Wo sind eure Hunde überhaupt?«, fragte Elain. Sie wünschte, Beta wäre im Haus, um ihn begrüßen zu können.

»Sie sind heute Abend draußen in der Scheune. Ich wollte nicht, dass sie betteln.« Er sah seine Brüder an. »Warum geht ihr beide nicht raus und macht sie fertig? Wir kommen in ein paar Minuten.«

Cail und Brodey nickten und gingen durch die Hintertür hinaus, sodass sie mit Ain allein in der Küche zurückblieb.

Er stand auf und bot ihr seine Hand an. Ihr Herz raste in ihrer Brust, während sie ihre Finger zwischen seine schob. Was hatte es mit diesen drei wunderschönen Typen auf sich? Was für ein Spiel spielten sie? Ein Teil von ihr wusste instinktiv, dass sie das alles nicht tun sollte, aber sie war über den Punkt hinaus, auf dieses Gefühl zu hören. Wenn Männer sich austoben konnten, warum konnten Frauen das nicht?

Als er sie in seine Arme zog, leistete sie keinen Widerstand, und ließ sich von ihm küssen. Seine Zunge strich sanft über ihre noch geschlossenen Lippen und teilte sie dann sanft, während sie ihren Körper gegen seinen drückte. Etwas in seiner Berührung beruhigte sie, tröstete sie, half ihr, sich besser als in den vergangenen Tagen zu fühlen. Als er seine Lippen von ihren löste, lächelte er, aber es sah traurig aus.

»Was ist los?«, fragte sie.

»Du bist perfekt.«

»Ihr kommt nicht viel raus, oder?«

Er lachte und trat zurück, sehr zu ihrem Bedauern. Dann nahm er ihre Hand. »Lass uns gehen.«

Zwei der Hunde saßen in der Scheune und warteten, aber Cail und Brodey waren nirgends zu sehen. Anscheinend diente diese Scheune hauptsächlich der Aufbewahrung von Maschinen und Ausrüstung, denn es gab keine Ställe, Pferde oder Kühe im Inneren und der Betonboden sah relativ sauber aus, abgesehen von ein paar Heuballen, die auf einer Seite gestapelt waren.

»Da bist du ja, Beta.« Sie streichelte ihn und freute sich, ihn zu sehen. Er winselte glücklich, während sie ihn hinter den Ohren kraulte. Gamma stupste ihre Hand an und sie streichelte auch ihn. Beide Hunde rieben sich eifrig an ihren Beinen.

»Sollen wir auf deine Brüder warten?«, fragte sie Ain.

Doch Ain zuckte mit den Schultern. »Wahrscheinlich schauen sie nur nach irgendwas. Sie kommen bestimmt bald zurück.«

Dann führte Ain sie durch die Scheune und zu einem großen Gehege hinter dem Gebäude. Draußen war es bereits dunkel, aber das Gehege war gut beleuchtet. Drinnen kauerte eine kleine Herde von etwa fünfzehn Schafen am hinteren Zaun.

Er wandte sich den Hunden zu. »Beta, Gamma, geht rein.«

Die beiden Hunde zwängten sich durch den Zaun und

gingen zur Herde hinüber, blieben dann stehen und warteten.

»Normalerweise geht es bei Wettkämpfen darum«, erklärte Ain, während er sich lässig an den Zaun lehnte, »die Hunde dazu zu bringen, bestimmte Sachen zu machen, bestimmte Muster zu laufen, die Herde zu leiten, einzupferchen, solche Sachen.« Er sah die Hunde an. »Aufstehen«, rief er.

Die beiden Hunde erhoben sich synchron wie in einer Choreografie und bewegten sich langsam um die Schafe herum, sodass sie sanft vom Zaun weggeleitet wurden, ohne dass die Herde dabei auseinanderbrach.

»Es gibt bestimmte Befehle, die wir für den Wettbewerb verwenden«, fuhr Ain fort. »Hier bei der Arbeit, insbesondere im Umgang mit Rindern, verwenden wir nicht immer genau diese Befehle. Die Schafe haben wir nur fürs Training und für Vorführzwecke. Normalerweise sind die Hunde für das Vieh zuständig.« Er sah die Hunde an. »Zurück zu mir«, rief er.

Die Hunde begannen, die Schafe gegen den Uhrzeigersinn um das Gehege zu treiben. Als sie fast wieder am Ausgangspunkt angelangt waren, rief Ain: »Schaut zurück!«

Beide Hunde blieben stehen und sahen ihn an.

»Umdrehen.« Die Hunde trieben die Schafe nun im Uhrzeigersinn am Rand des Geheges entlang. Wieder am Ausgangspunkt angelangt rief Ain: »Schaut zurück!« Die Hunde blieben stehen und warteten.

»Beta, bring zwei raus. Gamma, halt den Rest.«

Elain sah ihn an. »Du machst Witze, oder?«

Er lächelte. »Nö. Schau es dir an.«

Tatsächlich spaltete der grünäugige Hund zwei Schafe von der Herde ab und trieb sie vorsichtig zum Tor, wo Elain und Ain standen. Gamma hielt währenddessen den Rest der

Schafe in einer dicht stehenden Gruppe am hinteren Ende des Zauns zusammen.

Als Beta die Schafe vor sich hatte, rief Ain: »Schick sie zurück.« Beta drehte sich um und begann, die Schafe zur Herde zurückzutreiben. Gamma trat zurück und erlaubte ihnen, sich wieder der Gruppe anzuschließen. »Das sollte reichen.« Beide Hunde trabten zurück zu Ain und setzten sich wartend vor ihn.

Er drehte sich zu ihr um. »Es ist beeindruckender, wenn es hunderte Kühe sind, die jeweils fast fünfhundert Kilogramm wiegen.«

»Das glaube ich. Wie viele Kühe habt ihr?«

»Im Moment haben wir fast zweitausend Stück. Wir züchten und verkaufen hochwertige Rassen im ganzen Land. Dieser Teil des Betriebs befindet sich auf der anderen Seite des Grundstücks, abseits des Hauses. Wir haben gerne etwas Privatsphäre. Unsere Mitarbeiter benutzen das andere Tor, drüben bei den anderen Scheunen.«

Sie kehrten in die Scheune zurück, und die Hunde folgten ihnen.

Elain ging neben Ain, und als ihre Hand seine berührte, durchfuhr sie ein Schauer, und er ergriff ihre Hand. Die anderen beiden Brüder waren immer noch nirgends zu sehen.

Irgendwie hatte sie das Gefühl, dass das Ganze geplant gewesen war. Ob von ihnen oder von Ain allein, oder ob alle drei unter einer Decke steckten, wusste sie nicht.

Und es war ihr egal.

Während Ain sie in seine Arme zog, saßen die Hunde da und starrten sie an. »Warum bist du heute Abend hierhergekommen?«, fragte er heiser.

Sie spürte seine steinharte Erektion durch seine Hose. »Weil dein Bruder mich darum gebeten hat.«

»Aber warum hast du Ja gesagt?«

Seine grauen Augen schienen direkt in ihre Seele zu blicken und machten es unmöglich, zu lügen. »Weil ich wissen wollte, was passieren würde«, flüsterte sie.

»Und wolltest du, dass etwas Bestimmtes passiert?«, fragte er leise.

Ihr Mund wurde trocken. »Ich wollte, dass etwas Ähnliches passiert, wie neulich nach dem Mittagessen.«

Daraufhin küsste er sie stürmisch, drückte seine Lippen gierig gegen ihre und sie ihren Körper fester an seinen.

Mehr als bereit, sich der Situation hinzugeben, stöhnte sie leise in seinen Mund, während er mit einer Hand ihren Hintern ergriff und seine Hüften gegen sie drückten.

Doch so plötzlich, wie es begonnen hatte, stieß er sie auf einmal von sich. Er trat zurück und wäre fast über die Hunde gestolpert. »So kann ich das nicht machen.«

Sie machte einen Schritt auf ihn zu. »Was machen? Wie kannst du was nicht machen?«

Er ergriff ihre Hände. »Wir müssen mit dir reden und dir einiges erzählen. Wir wollen dich alle drei.«

Sie nickte, und nahm all ihren Mut zusammen. »Ich bin bereit, ein wildes Wochenende mit euch Jungs zu haben. Es ist mir egal, wie ich dabei aussehe.«

»Du verstehst das nicht …«

»Es ist mir egal! Ich werde es niemandem erzählen, wenn ihr es auch nicht erzählt. Ich weiß, dass es nur darum gehen wird, Spaß zu haben. Ich werde keinen von euch um irgendetwas bitten, nur um eine wirklich heiße Nacht. Ich nehme die Pille, ich habe ein paar Kondome mitgebracht, falls ihr keine habt, also lasst uns spielen.«

Er sah die Hunde an. »Verwandelt euch.«

»Was?« Sie überlegte noch, was sie gerade gehört hatte, während sich die beiden großen schwarzen Hunde vor ihren Augen plötzlich in Cailean und Brodey verwandelten.

Ihr entfuhr ein Schrei und sie keuchte.

KAPITEL SECHS

Elain stolperte zurück, und Ain griff nach ihrer Hand. Er schnappte sich eine Satteldecke und führte sie zu einem nahe gelegenen Heuballen, wo er sie mit einer Handbewegung zum Sitzen aufforderte. Ihre Augen weiteten sich, während sie die beiden nackten Männer anstarrte, die vor ihr auf dem Boden saßen.

Ain trat zurück und begann, sein Hemd aufzuknöpfen. »Wir haben ein ziemlich großes Geheimnis. Ich weiß gar nicht, wo ich anfangen soll.«

Sie starrte weiterhin sprachlos auf die nackten Männer.

Er sah seine Brüder an. »Verwandelt euch zurück.«

Plötzlich waren sie wieder zwei schwarze Hunde.

»Wie … was … wie …«

»Gestaltwandler«, sagte er und zog sein Hemd aus, dann seine Schuhe. Seine Hose war als Nächstes dran, und offensichtlich trug er keine Unterwäsche, denn sein steifer Schwanz sprang sofort heraus, als er sie auszog.

Elains Gehirn versuchte erfolglos, das zu verarbeiten, was sie gerade gesehen hatte. Ain hatte sich ausgezogen – mein

Gott, sein Schwanz war wunderschön! – und sich in einen Hund verwandelt, dann wieder zurück.

»Ich bin der Prime-Alpha, weil ich zuerst geboren wurde.« Ain beobachtete, wie ihr geschockter Blick noch verwirrter wurde, während er sich vor sie stellte. Sie starrte ihn an.

»Du träumst nicht und wir haben dir keine Drogen gegeben. Das hier ist echt.«

Elain starrte weiterhin sprachlos vor sich hin. *Was zum Teufel?*

»Wir sind über zweihundertdreißig Jahre alt«, sagte er. »Lange Rede, kurzer Sinn, Gestaltwandler sind kein Mythos. Und du bist unsere Eine.«

»Eine was?«, flüsterte sie mit zitternder Stimme.

»Die Eine. Für uns. Unsere Gefährtin.«

Das half ihr, sich aus ihrer Schockstarre zu lösen. »Hä?«

Er kniete sich vor sie und nahm ihre Hände, sein Gesichtsausdruck wurde weicher.

Etwas in ihr wollte nach ihm greifen und ihn umarmen.

»Wir suchen schon sehr lange nach der Einen für uns. Alpha-Gestaltwandler paaren sich, um ihr ganzes Leben miteinander zu verbringen. Was ziemlich lang ist, wie du dir wahrscheinlich denken kannst. Es ist nicht wie in den meisten Filmen, wo man als Gestaltwandler geboren werden muss. Wenn wir eine Partnerin für uns beanspruchen, verändert sie sich und wird ebenfalls eine Gestaltwandlerin. Eine Gefährtin, die keine Gestaltwandlerin ist, bekommt einen Großteil der Kräfte und Fähigkeiten ihres Gefährten. Oder *ihrer* Gefährten – Plural – in diesem Fall.«

»*Warte!*« Sie sah sie an. »Ihr alle *drei*?«

Er lächelte verschmitzt. »Ich dachte, du wolltest etwas Spaß haben.«

»Ich … ich meinte … ich habe … Was zum Teufel?«

Er zog sie sanft zu sich und küsste sie. Sie spürte, wie der

Widerstand durch seine Berührung aus ihrem Körper wich. Als seine Hand unter ihr Kleid glitt, stöhnte Elain und wollte mehr.

Er schob den Stoff zurück und tauchte seinen Kopf zwischen ihre Beine. Als seine Zunge sanft über ihre Klitoris strich, fühlte sie, wie die Realität verschwamm und ihre Welt nach nur wenigen Sekunden zu explodieren schien. Sie schrie auf, während das unstillbare Verlangen, das sie seit dem Abenteuer auf dem Parkplatz verspürt hatte, zumindest vorübergehend befriedigt wurde.

Die anderen beiden Brüder verwandelten sich wieder zu Männern und kamen näher. Sie starrte sie an und fragte sich, ob sie vielleicht doch den Verstand verloren hatte. Ain sah sie an. »Ich kann nicht, oder besser gesagt, wir können nicht mehr tun, es sei denn du bist bereit, unsere Gefährtin zu werden. Wir werden dich nicht dazu zwingen.«

Sie spürte bereits wieder das pochende Verlangen, was nach Erlösung bettelte und sie dazu brachte, es zu sagen. »Ja!«

Er schüttelte den Kopf. »Du verstehst nicht, was das bedeutet. Du würdest zu uns gehören, für immer. Nur zu uns. Zu uns allen drei.«

Elain sah ihnen nacheinander ins Gesicht. Brodeys und Cails Gesichtsausdruck war voller Hoffnung, Ain sah traurig aus.

Seine Worte schafften es schließlich, ihr sexuelles Verlangen in den Hintergrund zu schieben.

»Für immer?«, fragte sie.

Er nickte, ließ ihre Hand los und lehnte sich zurück. »Wir paaren uns fürs Leben. Du würdest deinen Job kündigen müssen …«

Das ließ sie hellhörig werden. »Warte!« Sie setzte sich auf und zog ihr Kleid herunter. »Was? Meinen *Job* kündigen? Ich habe drei Jahre gebraucht, um es von einer Fotojournalistin

ins Live-Fernsehen zu schaffen. Ich werde nicht kündigen!«
Sie beschloss, ein paar Minuten den ganzen anderen
verrückten Scheiß zu verdrängen.

Eins nach dem anderen, sonst würde ihr Gehirn
überhitzen.

Ain nickte. »Okay. Es gibt noch mehr, aber wenn das
schon ein Dealbreaker für dich ist, dann hat es keinen Sinn,
die anderen Dinge zu erklären.« Er stand auf und hob seine
Kleidung hoch. Sie sah die anderen beiden Männer an und
wollte nach ihnen greifen, aber sie wichen zurück und sahen
sie traurig an.

»Wartet!« Sie sah zu ihnen auf. »Können wir nicht
einfach etwas Spaß haben?«

Ain schüttelte den Kopf. »So funktioniert das nicht.
Wenn man seiner Einen begegnet, kann man es nicht rück-
gängig machen, sobald man sie beansprucht hat. Und ich
werde dich nicht zwingen, bei uns zu bleiben, wenn du es
nicht willst.« Er zog seine Hose an und steckte seinen steifen
Schwanz vorsichtig hinein, während er sie zuzog.

»Was?«

»Es tut mir leid, Elain. Du bist die Eine für uns, aber ich
weigere mich, eine Gefährtin zu beanspruchen, es sei denn,
sie ist absolut bereit dazu.«

»Warum können wir nicht einfach Spaß miteinander
haben?«, fragte sie noch einmal. Ihr sexuelles Verlangen war
mit aller Wucht zurückgekehrt, wodurch es ihr schwerfiel,
klar zu denken, geschweige denn zu sprechen.

»So funktioniert das nicht.«

Wut stieg in ihr auf. »Also ihr … hypnotisiert mich, damit
ich denke, dass etwas Seltsames vor sich geht, macht mich
komplett geil, und lasst mich dann hängen?«

Sein schiefes Lächeln brachte sie nur dazu, noch
wütender zu werden. »Ich habe dich gerade zum Orgasmus
gebracht. Wir sind diejenigen, die hängen gelassen werden.«

Auch die beiden anderen hatten einen Ständer. Sie hatten sich von irgendwo in der Nähe Kleidung geholt und zogen sie jetzt an.

»Das ist verrückt.«

»Ich weiß. Es ist schwer zu akzeptieren. Früher war es so, dass ein Alpha-Gestaltwandler einfach seine Gefährtin beanspruchte, ob sie sich zu ihm hingezogen fühlte oder nicht. Sobald sie einmal beansprucht war, fühlte sie sich wegen der Verbindung automatisch zu ihm hingezogen. Aber das werde ich nicht tun. Das *kann* ich nicht. Ich brauche deine Zustimmung.« Er wandte sich von ihr ab. »Es tut mir leid.«

»Es tut dir leid?« Sie wusste nicht, was sie sonst sagen sollte.

»Wahrscheinlich wird es ein paar Wochen dauern, bis du dich wieder normal fühlst. Hoffentlich.«

Wochen? Wenn sie die nächsten paar Wochen so geil bleiben sollte, wie sie sich im Moment fühlte, würde sie im Krankenhaus landen.

Wütend stand sie auf. »Oh nein, das tut es offensichtlich nicht!« Sie deutete auf Cail und Brodey. »Ihr zwei Arschlöcher habt mir neulich irgendetwas angetan und jetzt bin ich dauergeil! Was zur Hölle habt ihr mit mir gemacht?«

Ain nickte erneut. »Das liegt daran, dass du es spürst. Du kannst die Verbindung spüren. Es tut mir leid.« Sie waren fast wieder komplett angezogen.

Das fühlte sich nach einem guten Zeitpunkt für einen Wutanfall an. »Nein. Fickt euch! Ihr Arschlöcher lasst mich nicht mit einer lahmen ›Es tut mir leid‹-Ausrede sitzen!«

»Wenn du unsere Gefährtin wirst, wird dieses Gefühl verschwinden, solange du bei uns bist. Wir würden alles tun, um dich zu beschützen und dich für immer lieben. Wir würden unser gesamtes Leben mit dir verbringen und nichts anderes tun, als zu versuchen, dich glücklich zu machen, zu verwöhnen und zu befriedigen. Aber du musst dich dem

Alpha unterwerfen. Ich weiß, das klingt nach Bullshit, aber so ist das bei Gestaltwandlern. Wir sind an den Code unserer Vorfahren gebunden, der von unserem Clan festgelegt wurde. Weil wir Drillinge sind, sind wir alle Alphas. Also hat in unserem Fall der Prime das Sagen und du musst dich ihm unterwerfen.«

»Und das bist du?«

Er nickte.

Liebe? Dieses Wort war etwas verspätet in ihr Gehirn gesickert. »Wie zum Teufel könnt ihr sagen, dass ihr mich lieben werdet? Ihr *kennt* mich nicht einmal.«

»Du bist unsere Eine. Wir können dich nur lieben. Du würdest uns vervollständigen.«

Er drehte sich um, um die Scheune zu verlassen.

»Wo gehst du hin?«

»Rein, um die Küche aufzuräumen. Wir müssen den Abwasch machen.« Die anderen Brüder folgten ihm.

»Ihr wollt mich doch verarschen, oder? Ihr geht einfach weg?«

Ain drehte sich um. »Dann unterwerfe dich«, sagte er sanft. »Das ist alles, was du tun musst.«

Sie starrte ihn an. Das ganze verrückte Gestaltwandler-Gerede ging ihr durch den Kopf, aber gleichzeitig spürte sie dieses unglaublich starke Verlangen tief in ihrem Bauch.

»Warum? Warum muss ich das tun?«

»Es ist eine Gestaltwandler-Regel. Es tut mir leid.«

»Bittet ihr mich, eure persönliche Liebessklavin zu werden?« Sie funkelte sie an.

»Nein! Wir bitten dich darum, dich für den Rest unseres Lebens lieben zu dürfen und für dich da sein zu dürfen.«

Etwas in ihr wollte sofort auf die Knie fallen und ihn anflehen, sie zu nehmen. Wie neulich Nachmittag, als er seinen Brüdern befohlen hatte, ins Haus zu gehen und sie ihnen folgen wollte. Ein tiefes Verlangen, das sie nicht erklären konnte, wie ein Urtrieb.

Ihr Verstand rebellierte jedoch gegen die Vorstellung.

»Das kann ich nicht«, sagte sie, während Tränen in ihr aufstiegen und der innere Konflikt drohte, ihre Seele zu zerreißen.

Er nickte und lächelte traurig. »Das verstehe ich.« Dann drehte er sich um und ging auf das Haus zu.

Sie blieb in der Scheune stehen und starrte sie an. *Nein. Verdammt. Auf keinen Fall!*

Hypnose? Vergewaltigungsdroge oder K.-o.-Tropfen? Das würde keinen Sinn ergeben, da sie ja nicht mit ihr schlafen wollten. Aber was zur *Hölle?*

Wut machte sich wieder in ihn breit. Sie stapfte hinter ihnen den Weg entlang, erwischte Ains Arm auf der vorderen Veranda und drehte ihn zu sich. »Abgesehen von dem ganzen anderen verrückten Bullshit, willst du mir wirklich sagen, dass ihr mich nicht ficken wollt, obwohl ich euch *anflehe*, es zu tun?«

Er verschränkte die Arme. »Wenn du zustimmst, würden wir dich auf der Stelle ins Schlafzimmer tragen und die ganze Nacht lieben. Aber mit deinem Einverständnis würdest du dich auch dazu bereit erklären, uns zu gehören. Dazu werden wir dich nicht zwingen.«

»Äh, aber ist es nicht zwingen, mir zu sagen, ich müsste meinen Job kündigen? Was zur Hölle? Woher weiß ich überhaupt, dass ich euch Arschlöcher am nächsten Morgen noch mag, geschweige denn, dass ich mein Leben *für immer* mit euch verbringen möchte?«

Sie hatte beim letzten Teil des Satzes mit den Fingern Anführungszeichen in die Luft gemacht.

»Das würdest du. Genauso wie wir wissen, dass wir dich am nächsten Morgen immer noch lieben würden.«

»Oh, weil ich ›die Eine‹ bin?« Wieder hatte sie Anführungszeichen in die Luft gemacht.

Er nickte. »Genau.«

»Okay. Nur so zum Spaß, sag mir, was sonst noch passieren würde.«

»In ein paar Stunden findet eine Ratssitzung statt. Die Ratsmitglieder würden die Verbindung überprüfen und bezeugen, dass wir dich beansprucht haben …«

»Warte! Stopp!« Sie trat zurück. »Redest du von Gruppensex?« Das hatte sie sich natürlich schon vorher gedacht, aber eben nur mit den Drillingen.

»Nein. Wenn Alpha-Gestaltwandler eine Gefährtin beanspruchen und sie markieren, dienen die Ratsmitglieder als Zeugen dieser Markierung. Wenn sie nicht dabei sind, könnte es hinterher Probleme geben. Es ist ein Zufall, dass heute Abend ein Treffen stattfindet.«

Sie starrte ihn mit offenem Mund an. Okay, sie konnte nicht mehr folgen und ihr Gehirn schien keine klaren Gedanken mehr fassen zu können.

Also stürmte sie an ihm vorbei ins Haus, schnappte sich ihre Handtasche und stampfte wieder hinaus. Aber leider nicht schnell genug, um die traurigen Gesichter von Cail und Brodey zu übersehen.

Elain blieb auf der vorderen Veranda stehen, wo Ain immer noch wie angewurzelt stand. »Warum kann ich nicht mit deinen beiden Brüder Spaß haben, anstatt mit dir?«

Er schüttelte den Kopf. »Es muss mit uns allen drei sein. Und der Prime muss zuerst mit dir schlafen.«

Das hätte sie sich denken können. »Arschloch!« Es war lächerlich, aber etwas anderes fiel ihr nicht ein. Also stapfte sie zu ihrem Auto und knallte die Tür zu. Dann saß sie da und starrte Ain an. Er stand weiterhin auf der Veranda und beobachtete sie.

Verrückt bis zum Gehtnichtmehr. Gruselige, voyeuristische, sich verwandelnde Männer, denen es Spaß macht, wenn andere zuschauen ...

»Aaaaaaaaaah!«, schrie sie und schlug gegen ihr Lenkrad. Das erotische Verlangen zwischen ihren Beinen hatte sich zu einer ausgewachsenen krampfartigen Welle entwickelt, die sie nicht mehr ignorieren konnte.

Ain stand weiterhin auf der Veranda und beobachtete sie.

Sie ließ den Motor an, drehte um und fuhr auf die Straße zu. Als sie fünfzehn Minuten später den Highway 17 erreichte, der in die Innenstadt von Arcadia führte, musste Elain anhalten und sich auf dem Sitz zu einer Kugel zusammenrollen. Tränen liefen nun ungehindert ihre Wangen hinunter und das Verlangen ihres Körpers brachten sie fast dazu, komplett den Verstand zu verlieren.

»SCHEISSE!«, schrie sie, ließ sich auf die Seite fallen und trat gegen die Tür.

Was haben diese Bastarde mit mir gemacht?

Irgendetwas hatten sie gemacht, soviel stand fest, denn so hatte sie sich noch nie gefühlt. Die Erinnerung an Ains Hand um ihre, seine Arme, als er sie umarmt hatte, das Gefühl von Cails und Brodeys Händen, Lippen und Zungen ...

Diese Erinnerungen waren das Einzige, was ihr ein kleines bisschen Trost und Erleichterung brachten.

Das Wort *Unterwerfung* ging ihr durch den Kopf und etwas daran schien sie tief im Innern ihrer Seele zu beruhigen.

Nein!

Sie hatte zu hart gearbeitet, um ihr Leben jetzt wegen dieser drei Idioten aufzugeben. Idioten, die sie gerade erst kennengelernt hatte.

Drei Idioten, die sie zu wollen schienen – und zwar nur sie.

Lange saß sie da, weinte, schrie, dachte nach.

Sehnte sich nach ihnen.

Es war fast elf.

Ain ging auf die vordere Veranda, als sie vorfuhr. Er rührte sich nicht, kam nicht auf sie zu, um sie zu begrüßen.

Sie saß da und starrte ihn weitere fünf Minuten durch die Windschutzscheibe an, dann holte sie tief Luft und stieg aus. Während sie auf das Haus zuging, wurde ihr Unbehagen etwas schwächer, aber sie fühlte sich immer noch verdammt schlecht.

Elain ging zur Veranda. »Was hast du mit *unterwerfen* gemeint?«

»Der Prime hat das Sagen. So sind die Regeln. Wir sind alle Alpha.«

»Ich meine, gebt ihr eure Frauen auch an andere Männer?«

Selbst im schwachen Licht der Verandalampe sah sie sein Gesicht vor Wut rot anlaufen. »Ich würde jeden Mann töten, der es wagt, dich anzufassen.«

Sie grinste. »Was ist mit deinen Brüdern?«

»Du weißt, wie ich es meine.«

»Nein, weiß ich nicht! Darum geht es ja! Du verlangst von mir, mich bereitzuerklären, für immer mit euch zusammen zu sein, obwohl ich euch kaum kenne und nicht klar denken kann. Außerdem fühlt es sich so an, als hätte jemand einen Knoten in meinen Kitzler und in meine Eingeweide gemacht und mir verrückte Gestaltwander-Scheiße eingetrichtert, von der ich immer noch nicht sicher bin, ob ich sie glauben kann, aber … Scheiße!« Sie hatte nicht vorgehabt, wieder zu weinen, doch es brach einfach aus ihr heraus. Sie fiel auf die Knie und schluchzte.

Ain bewegte sich nicht auf sie zu. Aber seine Stimme wurde noch weicher. »Elain, es tut mir so leid, dass du das durchmachen musst. Das tut es wirklich. Das wollte ich nicht. Ich wollte nie, dass du leiden musst. Ich wollte, dass du uns kennenlernst, dich in uns verliebst und dich dann für uns entscheidest. Und zwar nicht, weil du dich dazu gedrängt fühlst. Ich habe mir selbst geschworen, dass wir unsere Gefährtin nicht zwingen werden, mit uns zusammen zu sein, falls wir sie finden. Mir war nur nicht klar, dass meine dummen Brüder nicht über die Konsequenzen ihrer Handlungen nachdenken würden.«

Er kniete sich hin, um in ihr tränenüberströmtes Gesicht zu schauen, bewegte sich aber nicht von der Veranda. »Wir würden dich lieben, für dich sorgen und auf dich aufpassen. Wir würden dich niemals betrügen. Wir würden dich wertschätzen und alles in unserer Macht Stehende tun, um dich glücklich zu machen, denn wir sind an den Code gebunden, um deine Zufriedenheit zu garantieren. Ich habe es ernst gemeint, als ich gesagt habe, dass wir alles dafür tun würden, um dich zu befriedigen. Aber das *Einzige*, was wir im Gegenzug verlangen, ist, dass du dich uns unterwirfst.«

»Warum kann ich meinen Job nicht behalten?«

»Zum einen ist es schwierig, vor der Kamera zu stehen und gleichzeitig unauffällig zu bleiben. Fast jeder andere Beruf wäre besser gewesen und ich hätte dir die Entscheidung überlassen. Zum anderen wollen die meisten Gefährtinnen nicht außer Haus arbeiten.«

»Wollt ihr mich zu einer Hausfrau machen und schwängern?«, spuckte sie verächtlich aus.

* * *

DIE VORSTELLUNG an sie mit einem runden Babybauch ließ Ains Schwanz wieder pochen. »So ist es nicht. Es geht eher darum, dass wir nicht so lange von dir getrennt sein wollen. Oder du von uns. Es ist quasi ein körperliches Bedürfnis, ständig in der Nähe des anderen sein zu wollen.«

»Aber ihr möchtet Kinder.«

»Irgendwann schon.« Das war die Wahrheit. »Nicht jetzt,

wenn du das nicht möchtest. Wenn du dich entscheiden würdest, nie Kinder zu bekommen, wären wir enttäuscht, aber wir würden dich nicht dazu zwingen. Wir werden dich niemals zu irgendetwas zwingen.«

Wenn er ehrlich war, wollte er erst jahrelang mit ihr Spaß haben und wusste, dass es seinen Brüdern genauso ging. Sie hätten viele Jahre Zeit, um Welpen zu bekommen, wenn sie das eines Tages wollen würde. Es musste nicht sofort sein.

»Und hast du keine Angst, dass ich Nein sage und dann irgendjemandem erzähle, was ihr wirklich seid?«

Er grinste schief. »Was würdest du sagen? ›Hey, lass uns filmen, wie sich diese Typen in Wölfe verwandeln.‹«

Sie erstarrte, dann schluchzte sie wieder. »Ich verliere noch meinen verdammten Verstand.«

Er wollte zu ihr gehen, sie umarmen, sie trösten.

Doch das konnte er nicht. Denn er wusste nicht, ob er stark genug war, sie wieder loszulassen.

»Wenn es dich tröstet«, sagte er, »du kannst mir glauben, wenn ich sage, dass du alles bekommen würdest, was du willst. Wir würden dich wie eine Prinzessin behandeln, Schatz. Das verspreche ich dir.«

Anscheinend war es kein Trost, denn sie schluchzte nur noch stärker.

Er hörte, wie Cail und Brodey aus der Tür nach draußen kamen.

»*Fasst sie nicht an*«, warnte er sie im Stillen.

Seine Brüder spannten sich sofort an und waren offensichtlich nicht glücklich über seine Anweisung. Doch sie mussten ihm gehorchen.

Ain war sich bewusst, dass die Ratsmitglieder bald eintreffen würden. Sie erwarteten heute Abend vier, die in der Gegend lebten.

Also stand Ain auf. »Wir können dafür sorgen, dass du dich besser fühlst«, sagte er leise. »Oder du kannst abwarten und in ein paar Wochen wird es wahrscheinlich erträglich sein. Dann musst du deinen Job nicht aufgeben. Es würde uns das Herz brechen, dich zu verlieren, aber ich werde dich nicht dazu zwingen, dich für uns zu entscheiden. Wir wollen nur, dass du glücklich bist.«

Er bedeutete seinen Brüdern, hineinzugehen, stand auf, folgte ihnen, und schloss sanft die Tür, während sie wieder zu schluchzen begann.

Brodey und Cail sahen ebenfalls so aus, als würde sie gleich in Tränen ausbrechen. »Wir können sie nicht so da draußen lassen«, sagte Cail. »Scheiße, sie ist am Boden zerstört!«

Ains Gesichtsausdruck verhärtete sich. »Und wem haben wir das zu verdanken, du Arschloch? Ihr zwei habt ihr das angetan. Ich wollte nicht, dass das passiert. Dank euch muss sie jetzt so leiden.«

»Als ob du vorher in der Scheune auch nur eine Sekunde gezögert hast, als du mit ihr allein warst«, schoss Brodey wütend zurück.

Ain hasste sich selbst dafür. »Das hat die Sache nicht schlimmer gemacht. Ihr hattet den Schaden bereits angerichtet. Wenigstens habe ich ihr so ein paar Minuten Erleichterung verschafft.«

Plötzlich erschreckte sie das Geräusch der sich öffnenden Tür und sie drehten sich alle um. Elain stand im Türrahmen, Tränen liefen ihr übers Gesicht. Dann warf sich auf Ain und er konnte sie gerade noch auffangen, während sie ihre Arme und Beine um ihn schlang und ihn küsste.

Brodey trat die Tür zu und folgte ihnen ins Wohnzimmer, wo Ain versuchte, sie auf die Couch zu setzen. Doch sie ließ ihn nicht los. Also drehte er sich um und setzte sich, während sie ihr Becken gegen ihn presste.

»Bitte«, flehte sie ihn an. »Bitte mach, dass es aufhört. Egal was aber mach einfach, dass ich mich besser fühle.«

Schließlich gelang es ihm, ihre Arme von seinem Hals zu lösen und ihre Handgelenke fest umklammert in seinen Händen zu halten. »Schau mich an, Elain«, sagte er.

Sie begegnete seinem Blick.

»Wir und nur wir. Und du wirst die einzige Frau in unserem Leben sein, für immer.«

Sie war so schön. Ihre Eine.

Er hielt den Atem an, während sie ihm in die Augen starrte und offensichtlich mit sich kämpfte.

Dann nickte sie.

KAPITEL SIEBEN

Elain hätte allem außer Mord zugestimmt, um dieses unerträgliche Verlangen für immer verschwinden zu lassen. Sie fühlte Ains steifen Schwanz zwischen ihren Beinen, während sie sich an seiner Hose rieb. »Du musst zustimmen, dich uns freiwillig zu unterwerfen«, sagte er. »Wir schwören dir, unser Leben danach zu richten, dich glücklich zu machen, das ist unser Versprechen.«

Sie nickte. »Warte, was ist mit Verhütung?«

»Nimmst du die Pille?«

Sie nickte.

»Ein Vorteil von Gestaltwandlern ist, dass wir keine Geschlechtskrankheiten haben. Aber wenn du willst, können wir trotzdem verhüten.«

»Nein.« Sie wollte, dass dieses Gefühl verschwand. Sofort.

Er küsste sie und sie war sich vage bewusst, dass er zwischen ihre Beine griff, ihr Kleid hochzog und seine Hose öffnete. Dann glitt sein harter Schwanz in sie hinein und sie schnappte zitternd nach Luft.

Erlösung. Zumindest war das Verlangen nun erträglicher.

Sie schluchzte vor Erleichterung und schloss ihre Augen, während sie ihren Kopf auf Ains Schulter fallen ließ. Sie glaubte, Brodey neben sich wahrnehmen zu können und Cail, der auf der anderen Seite stehen musste. Es war ihr egal, wessen Hände wo waren, während Ain seinen riesigen Schwanz in sie schob. Einer von ihnen fand ihren Kitzler und begann, ihn zu reiben. Der andere griff in ihr Kleid und kniff sanft ihre Brustwarzen. Als sie zum Höhepunkt kam und aufschrie, hörte sie Ain zufrieden grunzen. Er packte ihre Hüften und bewegte sich mehrmals kräftig und schnell in sie hinein, dann spürte sie, wie auch er in ihr kam.

Frieden. Eine warme, entspannende Wolke legte sich über sie. Nach Tagen unstillbaren Verlangens fühlte sie sich jetzt fast so, als wäre sie angetrunken. Sie legte ihren Kopf auf seine Schulter und atmete seinen Duft tief ein, während ihr Körper mit seinem zu verschmelzen schien. Zum ersten Mal seit Tagen fühlte sie sich entspannt.

Unterwerfung ist soooo schön.

Sie bewegten sich nicht, sprachen nicht. Ains Hände streichelten sanft ihren Rücken, während Brodey und Cail jeweils einen Arm um ihre Schultern gelegt hatten. Nach ein paar Minuten stand Ain auf, wobei er sie immer noch festhielt und sein Schwanz immer noch in ihr war, und trug sie in ihr Schlafzimmer.

Sie hielt ihre Augen geschlossen, fühlte aber, wie er sie sanft auf ein Bett legte. Die Matratze bewegte sich, als die anderen Brüder sich neben sie knieten. Dann küsste Ain sie und sie wusste, was auch passieren würde, es war auf jeden Fall die richtige Entscheidung gewesen.

Dann zog er sich zurück, was ihr sofort ein Gefühl der Trauer gab. Sie öffnete die Augen und beobachtete, wie er sich auszog. Anscheinend hatten sich Cail und Brodey auf dem Weg ins Schlafzimmer ausgezogen, denn sie waren bereits nackt. Sie schoben ihr Kleid hoch und zogen es über ihren Kopf, dann bückten sie sich beide, um jeweils eine Brustwarze in den Mund zu nehmen.

Sie schloss ihre Augen wieder und stöhnte. Brodey ließ ihre Brust los, dann spürte sie mehr Bewegung auf dem Bett und öffnete nur ein Auge, um zu sehen, was vor sich ging. Brodey und Ain hatten ihre Position getauscht.

Herrgott, bitte, sie sind so schon identisch und kaum auseinanderzuhalten!

Brodey brachte seinen Schwanz näher zu ihr und sagte: »Schau mich an, Baby.«

Unfähig zu widerstehen, blickte sie ihm direkt in die Augen.

Langsam, fast quälend langsam, schob er sich in sie hinein, bis sein Schambein an ihrer Klitoris rieb. Er stöhnte leise. »Willst du, dass ich dich ficke, Baby?«, fragte er mit rauer Stimme.

Sie nickte.

Er hob ihre Beine über seine Schultern und bewegte seinen Schwanz in ihr, füllte sie komplett aus.

Ain hob seinen Kopf von ihrer Brust und streichelte mit den Fingern ihre Klitoris. »Komm für uns, Baby«, flüsterte er. »Wir wollen noch einen Orgasmus von dir. Schließlich müssen wir wiedergutmachen, was du unseretwegen durchmachen musstest.«

Sie warf ihren Kopf zurück und stöhnte. Alles, was sie taten, fühlte sich richtig an. Nie zuvor hatte sie sich so gefühlt. Ain spielte mit ihrer Klitoris im Takt der Stöße seines Bruders und es dauerte nicht lange, bis sie einen weiteren Höhepunkt heranrollen spürte.

Brodeys Stöße wurden härter und tiefer, und er stöhnte mit ihr, als er kam. Dann ließ er keuchend ihr Bein hinab und küsste ihren Hals. »Wunderschön«, murmelte er. »Du bist wunderschön.«

Nach ein paar Minuten zog sich Brodey zurück und Cail

tauschte den Platz mit ihm. Er streichelte ihre Schenkel und drang dann in sie hinein, streckte seine Beine an ihren entlang und hielt dabei sein Gewicht auf seinen Armen. So strich er bei jeder Bewegung über ihre pochende Klitoris und ließ eine neue Welle der Lust in ihr aufsteigen, die sich wieder anders anfühlte, als die ersten beiden.

Während Ain und Brodey sanft an ihren Brustwarzen saugten und bissen, gab Elain den Versuch auf, einen klaren Gedanken zu fassen. Sie vergrub ihre Finger in Ain und Brodeys Haar, schloss ihre Augen und genoss das überwältigende Vergnügen. Cail schien ewig durchhalten zu können. Als sie ihn gerade ermutigen wollte, zu kommen und nicht auf sie zu warten, begann ein tiefes, brennendes Kribbeln zwischen ihren Beinen und ihr wurde klar, dass sie gleich ein drittes Mal kommen würde.

»Scheiße!« Sie schnappte nach Luft, packte die anderen Männer fest an den Haaren und drückte ihre Hüften gegen Cail, während die Lust sie überwältigte.

Dann hielt er einen Moment inne, um danach ebenfalls zu kommen. Nachdem der Orgasmus seinen ganzen Körper erzittern lassen hatte, ließ er sich auf sie fallen und legte seinen Kopf auf ihre Brust.

Sie ließ Ain und Brodey los und schlang ihre Arme um Cail. Einschlafen schien jetzt eine verlockende Vorstellung. Sie wusste, dass ihr morgen alles auf eine angenehme Weise wehtun würde, aber das unerträgliche, nicht zu stillende Verlangen war verschwunden.

Genau wie ihre Vernunft.

Sie hatte diesen Männern ihr Herz geschenkt, auch wenn das kitschig klang und viel zu schnell ging, war es die Wahrheit.

Nach ein paar Minuten hob Ain seinen Kopf. »Scheiße. Ratssitzung ist in fünfzehn Minuten.« Er setzte sich auf. »Dusche.«

Elain wollte sich nicht bewegen. *Scheiß auf den Rat.* Sie wollte liegen bleiben und mit ihren Männern einschlafen.

Ihren Männern!

Daran musste sie sich erst noch gewöhnen.

Cail küsste sie und stand auf. Dann spürte sie, wie einer von ihnen – wie sich herausstellte, war es Ain – sie aufhob und aus dem Zimmer trug.

»Tut mir leid, Baby, aber wir müssen dich waschen.« Einer der anderen Männer machte die Dusche an und als Ain versuchte, sie abzusetzen, hielt sie sich mit ihren Armen um seinen Hals fest.

Er lachte, ein Geräusch, das ihr Herz auf eine angenehme Art und Weise hüpfen ließ. »Es wird nicht lange dauern, dann können wir wieder ins Bett gehen und bis nächste Woche schlafen, wenn du willst. Wie klingt das?«

»Versprochen?«

Cail drängte sich neben sie. Es überraschte sie, dass sie die drei jetzt schon so gut unterscheiden konnte, seine Stimme klang etwas weicher als die seiner Brüder und auch sein Geruch war anders. »Versprochen.« Cail seifte einen Waschlappen ein und begann, sie abzuschrubben, während Brodey ihren Nacken liebkoste.

Gemeinsam wuschen die drei Männern sie und hoben sie nach ein paar Minuten wieder aus der Dusche, obwohl alle drei einen Steifen hatten und aussahen, als wären sie für eine nächste Runde bereit.

Ain hielt ein großes, flauschiges Handtuch für sie bereit, wickelte es um sie und hielt sie fest, liebkoste ihr Ohr. »Du musst uns jetzt vertrauen. Bitte. Niemand wird dich berühren, außer uns, das verspreche ich. Stell dir einfach vor, dass nur wir drei anwesend sind.«

Das riss sie aus ihrer angenehmen Schläfrigkeit, wie das ohrenbetäubende Geräusch einer Kettensäge. »Was?«

»Es wird nur ein paar Minuten dauern. Bitte vertraue uns.«

Sie schluckte, nickte aber. Wozu zum Teufel hatte sie zugestimmt? Jetzt, da ein Problem gelöst war, schien die Realität wieder zurückzukehren. Sobald sie trocken war, reichte Ain ihr das Sommerkleid und sie zog es über ihren Kopf. Sie ging davon aus, dass die Männer sich auch anziehen würden, doch sie gingen nackt mit ihr zur Haustür.

»Was soll ich tun?«, fragte sie.

»Folge mir einfach«, sagte Ain. »Tu, was wir sagen.« Er blieb stehen und drehte sich zu ihr um. »Das ist eine uralte Zeremonie. Wir machen die Dinge auf eine bestimmte Art und Weise. Ich verspreche, wir werden dir nichts tun, aber du musst uns vertrauen.« Dann küsste er sie und sie kämpfte gegen den Drang an, sich an ihn zu schmiegen.

Ohne sich die Mühe zu machen, ihre Schuhe anzuziehen, ging sie mit ihnen den Weg hinunter zur Scheune. Darin befanden sich vier riesengroße Hunde, definitiv größer als alle Hunde, die sie je in ihrem Leben gesehen hatte. Sie sahen aus wie Wolfshybride, genauso groß wie …

Die Männer hatten sich anscheinend ebenfalls verwandelt und saßen nun in einem großen Halbkreis. Sie gaben keinen Laut von sich, während sie sie aufmerksam beobachteten.

Brodey brachte eine Decke und eine kleine Plastikflasche herbei und breitete die Decke in der Mitte des Halbkreises auf dem Boden aus. Plötzlich verwandelten sich die drei Männer ebenfalls in Hunde.

Elain schluckte. *Oh, verdammt.*

Ain starrte sie mit seinen grauen Augen an und sie war sich wage bewusst, dass Brodey und Cail irgendwo hinter ihr standen, doch sie war sich nicht sicher, wo. Ain saß vor ihr auf der Decke und sah sie weiterhin an. Dann begann er leise zu knurren und als sie sich umsah, merkte sie, dass sie alle dieses Geräusch machten. Dann hörten sie plötzlich auf und sie war sich nicht sicher, was sie tun sollte.

Jetzt knurrten nur noch die anderen Hunde. *Ja, klar, als könnte ich DAS ignorieren und so tun, als wären sie nicht da.*

Als sie verstummten, wurde es ganz still.

Ain stand auf und ging etwas auf sie zu, dann knurrte er wieder, nur anders.

In ihrem Kopf flüsterte seine sanfte Stimme.

»Unterwerfe dich.«

Ihr Herz raste. Sie blickte hinter sich, aber die anderen beiden Brüder senkten die Köpfe und knurrten wieder.

Sie wandte sich wieder Ain zu, schloss die Augen und sank auf die Knie.

Leise schnaufende Geräusche erklangen von den anderen Hunden. Gestaltwandler? Wölfe? Wie zum Teufel sollte sie sie nennen, wenn nicht perverse Hunde?

Wie auch immer, anscheinend hatte sie das Richtige getan.

Ain trat vor und hob den Kopf. Sie war sich nicht sicher, was sie als Nächstes tun sollte, also kauerte sie sich auf Händen und Knien auf die Decke.

Bitte, lieber Gott, lass sie sich zurückverwandeln, bevor sie irgendetwas tun. Es ist mir egal, was sie sind, aber ich werde nicht mit einem Hund schlafen!

Sie spürte Ains warmes, dichtes Fell an ihrem Hals und an der Schulter, dann blieb ihr fast das Herz stehen, während etwas Festes ihren Nacken packte, spitz, aber nicht so fest, dass es schmerzte.

Zähne.

Wieder erklang ein sanftes Knurren.

Sie spürte einen sanften Druck, während er zudrückte.

Elain ließ sich mit dem Hintern in der Luft auf die Decke sinken und schloss die Augen, während der Druck wieder nachließ. Dann spürte sie wieder sein Fell, das sich an sie drückte, während er über ihr stand und knurrte.

»Unsere Gefährtin«, flüsterte die sanfte Stimme in ihrem Kopf.

Die anderen knurrten ebenfalls.

Dann war er weg, doch sie hielt die Augen geschlossen. Okay, das war gar nicht so schlimm. Dann spürte sie eine Hand, die ihren Hintern durch das Kleid streichelte. *Oh! Okay, definitiv nicht schlecht.* Sie wagte es, die Augen zu öffnen und sah, dass Ain hinter ihr kniete. Brodey und Cail hatten sich ebenfalls zurückverwandelt. Brodey kniete vor ihr, und Cail stand neben ihr. Langsam schob Ain ihr Kleid hoch und sie schloss wieder die Augen. Was auch immer als Nächstes passieren würde, wäre mit geschlossenen Augen sicher einfacher, selbst wenn es Hunde wären.

Die anderen beiden Männer halfen dabei, ihr das Kleid auszuziehen. Sie hörte ein leises Geräusch und öffnete noch einmal kurz die Augen. Ain hatte die Flasche in der Hand, die Brodey vorher gebracht hatte.

Oh verdammt. Gleitgel.

Und tatsächlich drückte er einen eingeschmierten Finger gegen ihren jungfräulichen Hintern. In diesem Moment setzte sie sich auf und er legte eine Hand fest auf ihren Rücken. Sie sah ihn über ihre Schulter an.

»Bitte«, flüsterte er. Seine Augen flehten sie an.

»Das habe ich noch nie … gemacht«, flüsterte sie. »Bitte nicht.«

Die feste Hand wurde sanft und streichelte sie. »Du musst dich unterwerfen«, flüsterte er. »Wir müssen das tun.«

Zwei Hände schlossen sich um ihre und als sie sich wieder nach vorne drehte, sah sie Cail und Brodey, die jeweils eine Hand von ihr hielten. »Bitte«, flüsterte Brodey so leise, dass es wahrscheinlich nicht mal diese Was-auch-immer-sie-waren, es gehört hatten.

Cail streichelte ihre Stirn und küsste sie sanft. »Ist schon okay, Baby«, flüsterte er.

Sie ließ ihren Kopf auf die Decke sinken und versuchte, vor Scham nicht zu weinen. Es tat nicht weh, aber so hatte sie sich ihr erstes Mal von hinten sicher nicht vorgestellt: vor einem Haufen seltsamer Köter.

Ain massierte sanft Gleitgel in sie ein und streichelte immer noch mit seiner freien Hand ihren Rücken. Dann spürte sie, wie sich seine Finger zurückzogen und einen Moment später noch mehr Gleitgel und zwei Finger in sie hineinglitten. Sie versuchte, ihr nervöses Stöhnen zu unterdrücken, schaffte es aber nicht.

Er zögerte, wartete.

Nach ein paar Minuten nahm er einen dritten Finger hinzu und sie versuchte, sich nicht zu verkrampfen, da sie wusste, was als Nächstes kommen würde. Sein großer Schwanz drückte gegen sie und sie erstarrte vor Angst. Er wartete, streichelte ihren Rücken und schmiegte sich dann an sie.

»Atme«, flüsterte er ihr ins Ohr. »Entspann dich.« Schließlich drückte er gegen den leichten Widerstand und wartete darauf, dass sie sich entspannte.

Es fiel ihr schwer, zu atmen und sich zu entspannen, vor allem wegen des unangenehmen Brennens in ihrem Arsch, während sein Schwanz sie dehnte. Doch sie tat ihr Bestes. Nach einem kurzen Moment drückte er sich langsam tiefer in sie hinein, bis er vollständig in ihr steckte.

Dann legte er seine starken Arme um sie. Er setzte sich auf, zog sie an seine Brust, ihren Kopf an seine Schulter. Zärtlich küsste er ihre Wange. »Entspann dich, Süße«, flüsterte er.

Sie war sich bewusst, dass Brodey sich dicht vor sie gesetzt hatte. Als sie seinen Schwanz zwischen ihren Beinen spürte, wurde ihr klar, was sie vorhatten, und Ain spürte ihre Anspannung. »Entspann dich«, flüsterte er wieder. »Bitte.«

Sie unterdrückte ein Schluchzen und entspannte sich in seinen Armen.

Als Brodey in sie eindrang, überkam sie ein tiefes Gefühl der Lust und erfüllte sie mit Empfindungen, die sie noch nie zuvor gespürt hatte. Und als er anfing, mit ihren Nippeln zu spielen, verschwand auch das letzte bisschen Unbehagen.

Sie stöhnte und keuchte. Ain glitt mit einer Hand zwischen ihre Beine zu ihrem Kitzler. Sie stöhnte noch lauter.

Okay, das war *verdammt gut.*

Eine sanfte Hand streichelte ihre Wange, und als sie ihre Augen öffnete, sah sie Cail, der mit steifem Schwanz vor ihr stand …

Oh, verflucht.

Sie sah ihm in die Augen und er nickte.

Warum nicht? Vielleicht würde sie morgen mit einer Lebensmittelvergiftung im Krankenhaus aufwachen und feststellen, dass sie alles nur geträumt hatte. Sie schloss ihre Augen und griff nach ihm, zog ihn an sich. Dann legte sie ihre Lippen um seinen Schwanz und genoss das sanfte, tiefe Knurren von ihm.

Verdammt. Offenbar gefiel es ihm.

Als er sanft ihr Haar packte, gab sie den Versuch auf, bei klarem Verstand zu bleiben.

Ihre Männer hatten die Kontrolle und nahmen sie mit auf diese unglaubliche Reise.

Ain knabberte sanft an ihrem Ohr. »Komm für uns, Baby«, flüsterte er. »Bitte.«

Als sie ihm gerade sagen wollte, dass sie auf keinen Fall in dieser Situation kommen würde, spürte sie, wie die Lust sich in ihr zu einem Höhepunkt aufstaute. Ein Schrei entfuhr ihr, der von Cails Schwanz in ihrem Mund gedämpft wurde. Als sie kurz vor dem Höhepunkt war, spürte sie plötzlich Ains Zähne an ihrer rechten Schulter, die sich wahrscheinlich durch ihre Haut bohrten. Doch es steigerte ihre Lust nur noch weiter.

Dann bewegten sich alle drei Männer, stießen, stöhnten. Sie schmeckte Cail, der in ihrem Mund kam, und hatte nicht einmal Zeit, über den Geschmack nachzudenken – nicht schlecht, eigentlich – bevor ihr eigener Höhepunkt sie überrollte und zu einer regelrechten Explosion in ihrem Körper führte, sodass sie für einen Moment nur bunte Farbflecken vor den geschlossenen Augen tanzen sah.

Alle Kraft war dahin, ihre Arme wurden schlaff und sie vertraute darauf, von ihnen gehalten zu werden. Als Ain und Brodey sich von ihr lösten, zuckte sie leicht zusammen. Einer von ihnen, Ain, legte sie auf die Decke und schmiegte seinen Körper schützend um sie, drückte sie fest an sich.

Dann kuschelte sich Brodey eng an ihre andere Seite, während Cail ihr Haar streichelte.

Erschöpft döste sie ein.

Als sie wieder aufwachte, war sie in die Decke eingewickelt und wurde von Ain getragen. Sie schloss ihre Augen wieder. Wenn sie etwas von ihr brauchten, würden sie es ihr schon sagen. Sie hörte, wie sie durch das Haus gingen, dann hörte sie das Geräusch von sprudelndem Wasser.

Ain küsste sie auf die Stirn. »Lass uns etwas im Whirlpool baden, Baby«, sagte er.

Sie nickte.

Er stellte sie auf die Füße, hielt sie aber weiterhin, wickelte sie aus der Decke, hob sie dann hoch und setzte sie in das warme Wasser. Sie hörte, wie die anderen beiden Männer ebenfalls ins Wasser stiegen, öffnete ihre Augen aber nicht. Sie war vollkommen zufrieden an Ains Brust und umgeben von dem wohlig warmen Wasser.

Hände streichelten zärtlich ihre Arme, hielten ihre

Hände, rieben ihre Füße. Ihr würde am Morgen auf jeden Fall … alles wehtun. Überall. Sie hatte keine Ahnung, wie lange sie im Whirlpool saßen, da sie immer wieder einschlief. Sie war erschöpfter, als je zuvor in ihrem Leben – körperlich, geistig und emotional.

Ein sanfter Finger berührte ihre Lippen. »Mach den Mund auf, Süße. Nimm das hier.« Sie glaubte, dass es Cail war. Er steckte ihr zwei Kapseln in den Mund, gefolgt von einem Strohhalm. Sie schluckte die Medizin und trank dann das kalte Wasser, ohne die Augen zu öffnen.

»Schmerzmittel«, sagte er. Ja, definitiv Cail, dachte sie. Seine Stimme war weicher als die der anderen beiden.

Sie kuschelte sich wieder an Ains Brust und ließ sich treiben. Irgendwann spürte sie, wie man sie in ein Handtuch wickelte, nahm wahr, wie die Männer miteinander sprachen, und spürte dann kühle, frische Laken auf ihrer Haut. Ains warmer, muskulöser Körper schmiegte sich schützend an sie.

Dann schlief sie ein.

KAPITEL ACHT

Als Elain ihre Augen öffnete, kuschelte sie sich instinktiv eng an den warmen, festen Körper, der an ihren Rücken gepresst war.

Ain.

Sie wusste es, ohne hinzuschauen, obwohl sie sich nicht sicher war, wie. Er küsste ihren Nacken und zog sie näher zu sich. »Wie fühlst du dich?« Seine tiefe Stimmte bestätigte, dass sie recht gehabt hatte.

Am liebsten hätte sie sich überhaupt nicht bewegt, da sie wusste, dass ihr ganzer Körper schmerzen würde. Also begann sie zuerst nur mit ihren Zehen zu wackeln. Sie hatte Muskelkater in den Beinen, vor allen in den Oberschenkeln, aber nichts, womit sie nicht fertig werden konnte. Ihre Schulter tat an der Stelle weh, wo er sie gebissen hatte. Insgesamt fühlte sie sich, als wäre ihr Körper zu einer Brezel verdreht, gedehnt und dann von jemandem wieder zusammengesetzt worden, der die Bauanleitung für Menschen rückwärts gelesen hatte.

Ansonsten alles super.

»Ich werde es überleben.«

»Aber wirst du es genießen?«

Sie lachte und drehte sich vorsichtig zu ihm um. Sein verschmitztes Lächeln ließ ihr Herz höher schlagen. Ja, sie war ihm komplett verfallen. »Ich glaube schon.« Die Jalousien waren zugezogen, aber sie konnte sehen, dass draußen Tageslicht war, da das Sonnenlicht durch die Ritzen spähte. Sie waren allein im Schlafzimmer, in einem riesigen Bett, und die Schlafzimmertür war geschlossen.

»Wie spät ist es?«

»Fast Mittag.« Er strich mit seinen Fingern über ihre Wange. »Geht es dir wirklich gut? Soll ich dir noch eine Schmerztablette oder etwas anderes bringen?«

»Nicht jetzt. Es ist zu gemütlich mit dir.«

»Dann bleibe ich hier.« Er drückte ihr einen Kuss auf die Schläfe.

Sie schloss ihre Augen wieder und entspannte sich. »Wo sind die anderen?«

»Ich habe sie heute dazu gebracht, ihren Beitrag zu leisten. Sie erledigen draußen ein paar Aufgaben. Normalerweise kümmere ich mich draußen um alles, Cail ist für den Bürokram zuständig, und Brodey tut, was wir ihm sagen.«

»Muss schön sein, der Prime zu sein, oder?«

Er lachte. Das tiefe, sanfte Geräusch brachte ihr Inneres zum Singen, obwohl sie immer noch viel zu müde war, um etwas dagegen zu unternehmen. »Ja, es hat manchmal seine Vorteile. Aber wir versuchen, die Arbeit gleichmäßig aufzuteilen.«

»Ich weiß nichts über euch«, sagte sie leise. Jetzt, da sie wach war und die schrecklich lähmende Geilheit nachgelassen hatte, konnte sie wieder klar denken.

»Frag mich.«

»Alles, was ich will?«

»Alles.«

Sie legte ihren Kopf in den Nacken, um ihm in die Augen zu sehen. »Wo wurdet ihr geboren?«

»Außerhalb von Aberdeen.« Er rollte das R ein wenig und ihr stockte der Atem.

»Nicht das Aberdeen, drüben in Palm Beach, oder?«

Er lachte und schüttelte den Kopf. »Nein, ganz woanders.«

»Ihr seid Schotten, aus Schottland?«

Er grinste. »Aye, Mädel.«

»Heilige Scheiße!«, sagte sie völlig aufgeregt.

»Was?«

»Sag noch was!«

Er runzelte die Stirn. »Noch was?«

»Mit diesem Akzent!«

Er lachte und rollte sich auf den Rücken. »Baby, bitte frag uns nicht, Braveheart zu zitieren. Ich habe diesen Film so oft gesehen, dass ich kotzen könnte.« Er sah sie an. »Als wir in die Staaten gezogen sind, mussten wir jahrelang üben, nicht mit diesem Akzent zu sprechen. Nachdem wir aus Maine nach Florida gezogen sind, habe ich fast zehn Jahre gebraucht, um nicht mehr *Ayuh* statt Ja zu sagen.«

Sie schmollte.

»Oh, Süße, du kannst unmöglich jetzt schon den Hundeblick anwenden«, tadelte er sie im Scherz. »Gib mir wenigstens einen Tag.«

»Wie lange seid ihr schon in Florida?«

»Wir sind vor über fünfzig Jahren hierhergezogen.«

Okay, sie konnte das ganze verrückten Gestaltwandler-Zeug nicht länger ignorieren, also setzte sie sich mit seiner Hilfe vorsichtig auf. »Was passiert jetzt mit mir?«

Er stützte sich auf einen Arm und Elain versuchte, nicht auf seine muskulösen Oberarme zu starren, da sie sich davon nur zu einfach ablenken lassen könnte. »Meinst du, weil du jetzt unsere Gefährtin bist?«, fragte er.

»Ja.«

»Die erste Veränderung hast du gestern Abend schon gespürt. Du bist jetzt in der Lage, uns ohne Worte zu hören. Aber es wird eine Weile dauern, bis es reibungslos funktioniert. Normalerweise mehrere Wochen, wenn nicht Monate.«

»Das war also echt?«

Er nickte.

»Was sonst noch?«

»Das Altern verlangsamt sich. Und bei allem anderen müssen wir abwarten. Das ist bei jedem Gefährten anders. Mit drei Alphas zusammen zu sein, könnte bedeuten, dass du ziemlich stark wirst.«

Sie brauchte einen Moment, um all diese Informationen zu verdauen. Die Erinnerungen an die vorherige Nacht waren verschwommen. »Ich dachte, in einer Familie kann es nur einen Alpha geben.«

»Rudel«, korrigierte er sie liebevoll.

»Rudel. Warum lebt ihr drei zusammen?«

»Drillinge. Bei uns ist es anders, weil wir identisch sind.«

»Nein, seid ihr nicht. Eure Augen sind unterschiedlich.«

»Was unsere Absichten und Ziele angeht, sind wir identisch. Normalerweise ist es unmöglich, dass zwei Alpha-Brüder, die unterschiedlich alt sind, zusammenleben. Sie würden sich ständig gegenseitig an die Gurgel gehen. Wir sind die einzigen bekannten Alpha-Drillinge. Es gibt ein paar Zwillinge, aber selbst bei Zwillingen ist manchmal nur einer von beiden ein Gestaltwandler. Wenn das der Fall ist, leben sie normalerweise nicht zusammen. Oder nur einer ist ein Alpha, selbst wenn sie beide Gestaltwandler sind, dann können sie unterschiedliche Gefährtinnen haben. Es gibt nur sehr wenige Gestaltwandler, die Zwillinge und beide Alphas sind. Aber sie müssen zusammenleben, um ihre *Eine* zu finden. Bei Zwillingen und Drillingen müssen sich die Alpha-Gestaltwandler ihre Eine teilen.«

»Warum ist das so?«

»Ich weiß es nicht«, gab er zu. »Es ist eine sehr alte Regel, ich glaube, es hat irgendetwas mit der Energie zu tun, die geschwächt wird, wenn sie getrennt sind.«

»Also … haltet ihr euch einfach an diese Regel?«

»Wir oder unsere Gefährtin könnten sonst in Gefahr sein, also ja, wir halten uns daran.«

Sie musterte ihn. »Warum musste es gestern Abend von hinten sein? Ich finde es nicht sehr schön, dass mein erstes Mal so war.«

Er wurde rot und wandte den Blick ab. »Es tut mir leid. Es ist Teil der Zeremonie, und die muss mit Augenzeugen durchgeführt werden. Wir werden dich das nie wieder tun lassen, wenn du es nicht willst.«

Vielleicht würde sie es wieder wollen, aber nicht vor Publikum und schon gar nicht in den nächsten Tagen. Erst musste sich ihr Körper von dieser Gleitgel-Party erholen. Sie schnaubte. »Gott sei Dank seid ihr keine Vierlinge.«

Er kicherte. »Ja, das wäre eine logistische Herausforderung gewesen. Bei Zwillingen hat man wenigstens eine kleine Wahl, wie man es machen will.« Dann sah er sie mit besorgtem Blick an. »Geht es dir wirklich gut?«

»Körperlich, ja. Geistig muss ich mich noch daran … gewöhnen.« Er beugte sich vor und gab ihr einen zärtlichen Kuss auf die Lippen. »Wir sollten morgen zum Standesamt gehen und heiraten …«

»Warte!« Sie stieß ihn zurück. »Das soll doch ein Witz sein, oder?«

»Was?«

»Ihr bringt mich dazu, meinen Job zu kündigen, und jetzt wollt ihr mich auch noch zum Standesamt schleppen, um zu heiraten? Du willst mich doch verarschen?«

Er runzelte die Stirn. »Wir müssen wohl auch an deiner Ausdrucksweise arbeiten.«

Sie warf trotz der Schmerzen, die es ihr bereitete, die Decke zurück und kletterte aus dem Bett. Da sie ihr Kleid nicht sehen konnte, schnappte sie sich ein T-Shirt, das an der Türklinke des Schranks hing. Es reichte ihr fast bis zu den Knien.

»Wo willst du hin?«, fragte er sie.

Sie stapfte zur Tür. »Das hier ist mein täglicher Wutanfall. Wenn ich eure Eine bin, müsst ihr euch daran gewöhnen.« Sie stieß die Schlafzimmertür auf, aber noch bevor sie das Wohnzimmer halb durchquert hatte, hatte Ain seinen Arm um ihre Hüfte gelegt und sie über seine Schulter geworfen, als würde sie nichts wiegen.

»Nein, Baby. So gehst du hier nicht weg.«

Sie fing an, um sich zu schlagen und zu treten, merkte aber schnell, dass es war, als würde man gegen einen Baum hämmern. Sie wurde also zurück ins Schlafzimmer getragen. Er trat die Tür hinter sich zu und warf sie aufs Bett. »Du gehst nirgendwo hin, bis du dich erholt hast. Du brauchst etwas Ruhe.«

Sie versuchte aufzustehen, doch er kniete sich über sie.

»Lass mich gehen!«

Er drückte sie ans Bett und sah ihr direkt in die Augen. »Hör auf«, sagte er, seine Stimme war tief und schien von irgendwo anders zu kommen.

Jegliche Willenskraft wich plötzlich von ihr.

Scheiße!

Er sprach nun mit sanfter Stimme weiter. »Elain, Liebling, bitte. Beruhige dich einfach. Mach nichts Unüberlegtes.«

Obwohl sie nicht weinen wollte, tat sie es. »Verdammt, das ist nicht fair!«

»Ich habe nie gesagt, dass du keine Hochzeit haben kannst«, sagte er ruhig.

»Du hast gesagt, dass wir zum Standesamt gehen!«

»Du hast nicht gefragt, ob das verhandelbar ist. Es war nur eine Idee, kein endgültiger Beschluss. Ein vernünftiger Mensch hätte gesagt: ›Aber ich möchte nicht nur standesamtlich heiraten.‹ Dann hätte ich gesagt: ›Wie möchtest du dann heiraten?‹ Und ein vernünftiger Mensch hätte geantwortet …« Er verstummte und sah sie an, und ihr wurde klar, dass er darauf wartete, dass sie den Satz beendete.

Mit sanfter Stimme, die sie kaum als ihre eigene erkannte, sagte sie: »Ich will eine richtige Hochzeit.«

Er beugte sich vor und küsste sie, ließ dann ihre Hände los und setzte sich auf. »Okay. Das ist ein Fortschritt. Das hier ist eine Beziehung, in der alle ihre Meinung sagen können.«

»Okay, aber vielleicht hätte ein vernünftiger Mann gesagt: ›Liebling, ich würde gerne standesamtlich heiraten, aber was möchtest du?‹«

Er dachte kurz darüber nach und nickte dann. »Du hast recht.«

Sie blinzelte. »Wie bitte?«

»Du hast recht. Es tut mir leid.«

Sie blinzelte erneut. »Ich kann dich nicht verstehen, könntest du das etwas lauter wiederholen?«

Er lächelte. »Es tut mir leid. Ich entschuldige mich. Du hast recht. Nach allem, was gestern Abend passiert ist, kam das wahrscheinlich falsch rüber.«

Sie starrte ihn ungläubig an. »Du entschuldigst dich? So einfach?«

»Äh, ja. Nur weil ich der Prime bin, heißt das nicht, dass ich ein Arschloch bin. Zumindest versuche ich es nicht zu sein. Habe ich dir nicht versprochen, dass ich dich nach

Strich und Faden verwöhnen und auf Händen tragen werde?«

Sie setzte sich auf und sah ihn an. »Wirklich? Ich kann also eine Hochzeit haben?«

»Wir müssen zuerst einige Grundregeln festlegen.«

»Ah. Okay. Kommt jetzt das Arschloch in dir durch?«

»Wirst du jetzt zur verzogenen Braut, der man nichts recht machen kann?«

Sie ließ sich zurück aufs Bett fallen. »Heilige Scheiße.« Als er sie umdrehte und ihr einen harten Klaps auf den Hintern gab, quietschte sie protestierend.

»Wofür war das?«, schrie sie.

»Das war nur zur Warnung.« Er beugte sich vor und küsste sie, was sie natürlich ablenkte. »Du bist zu schön, um so zu fluchen.«

»Das kannst du dir gleich wieder abgewöhnen, Kumpel.«

Er sah ihr tief in die Augen, was sie erneut zum Dahinschmelzen brachte.

»Ach, tatsächlich?«, fragte er.

Doch sie konnte nur nicken.

»Dann musst du weniger fluchen. Ich gebe dir etwas Zeit, es dir abzugewöhnen. Es ist mir egal, wenn du gelegentlich fluchst, aber versuche bitte, damenhaftere Alternativen zu finden.«

»Du bewegst dich auf dünnem Eis, Freundchen.«

»Ich schwimme gerne in kaltem Wasser.«

Sie bemühte sich, ein ernstes Gesicht zu machen, was ihr aber nicht gelang. Schließlich prustete sie los, was ihn wiederum zum Lächeln brachte.

»Versuch, deine Wutanfälle in den Griff zu bekommen, Baby. Ich möchte nicht so mit dir sein. Ich weiß, das alles ist viel, aber lass dir von uns helfen.« Er zog sie in seine Arme. »Lass uns ein paar Regeln durchgehen. Du musst tun, was wir sagen. Normalerweise hast du ein Mitspracherecht, aber wir haben das letzte Wort. Es wird Situationen geben, in denen es nicht so läuft, wie du willst, und das musst du akzeptieren.«

Sie runzelte die Stirn. »Ich bin kein Kind.«

»Wenn man bedenkt, dass wir über zweihundert Jahre älter sind als du, dann bist du schon ein Kind.«

»Wage es nicht, diesen ›weil ich älter bin‹-Scheiß gegen mich zu verwenden.«

Er runzelte die Stirn. »Keine Schimpfwörter.«

Sie streckte ihm die Zunge heraus, woraufhin er versuchte, die Stirn zu runzeln, doch stattdessen musste er lachen. »Entweder gefällt es dir, den Hintern versohlt zu bekommen, oder du wirst dich gleich wundern.« Er seufzte. »Ich glaube nicht, dass wir viele Probleme haben werden, aber es gibt Situationen, in denen du dich an bestimmte Regeln halten musst. Zum Beispiel vor Ratsmitgliedern, oder anderen Gestaltwandlern. Und wenn du dich nicht daran hältst, werden wir nicht zögern, dich in deine Schranken zu weisen. Auch in der Öffentlichkeit.«

An seinem strengen Ton merkte sie, dass er es ernst meinte.

Und er hatte noch mehr zu sagen. »Du kannst uns nicht gegeneinander ausspielen. Wir werden es herausfinden und dir definitiv den Hintern versohlen. Wenn du einen von uns etwas fragst und er dir keine Antwort gibt, die dir gefällt, kannst du nicht zu einem anderen rennen und versuchen, dort zu bekommen, was du willst.«

»Aber du hast das letzte Wort!«

»Und das wird auch so bleiben. Ich würde dringend vorschlagen, dass du dir von Anfang an angewöhnst, uns alle drei zusammenzubringen, um über Dinge zu sprechen, die wichtig sind. Bedeutende Dinge. Dann können wir drei unsere Köpfe zusammenstecken und eine Entscheidung treffen. Wenn du etwas willst und nur einen von uns fragst und er Nein sagt, dann war's das.«

»Das klingt verdammt kleinlich.«

Er lächelte, da ihre Stimme bereits ruhiger klang. »Nein, es dient der Ordnung. Ich setze mich nur gegen sie durch, wenn es etwas Ernstes ist, zum Beispiel ein Verstoß gegen den Code. Sie kennen den Code genauso gut wie ich, also bezweifle ich, dass das ein Problem ist.«

»Und was genau beinhaltet dieser Code?«

»Das wirst du noch lernen. Wir werden dir alles beibringen. Ich schlage auch vor, dass du dir angewöhnst, Fragen zu stellen, bevor du voreilige Schlüsse ziehst oder dich aufregst.«

Sie wurde rot. »Es tut mir leid. Ich bekomme schnell mal einen Wutanfall.«

»Das verstehe ich. Aber dafür wirst du keine Gründe haben.«

»Wenn man bedenkt, dass ich um alles kämpfen musste, was ich beruflich erreicht habe, kann man vielleicht verstehen, dass ich gerne mal laut werde, um für mich einzustehen.«

Er beugte sich vor und küsste sie. »Gib uns die Chance, dir zu zeigen, wie sehr wir dich lieben. Ich verspreche dir, in ein paar Monaten wirst du es verstehen.« Er dachte einen Moment nach. »Wir müssen deine Sachen hierherbringen und besprechen, was du mit deinem Haus machen willst.«

Wieder überkam sie Traurigkeit. »Ich muss wirklich meinen Job kündigen, oder?« Er nickte. »Es tut mir leid, Schatz, aber das Risiko ist zu groß. Wenn du einen Beruf hättest, bei dem du nicht in der Öffentlichkeit stehen musst, würde ich dir auf jeden Fall erlauben, ihn zu behalten, wenn es das ist, was du möchtest. Aber was ist in zehn oder zwanzig Jahren, wenn du nicht älter aussiehst? Wir müssen uns unauffällig verhalten, um keine Aufmerksamkeit auf uns zu ziehen. Momentan denkt jeder, dass wir die Enkel des früheren Besitzers sind.«

»Was wäre, wenn ich nicht im Fernsehen wäre?«

Er musterte sie. »Was meinst du?«

Sie schluckte schwer. Ihren Job wollte sie nicht aufgeben, und Teil des Teams zu sein, war besser als nichts. »Was, wenn … was, wenn ich hinter den Kulissen wäre? Eine der Produzentinnen geht in ein paar Wochen in den Mutterschaftsurlaub. Ich könnte mich freiwillig melden, um ihre Rolle zu übernehmen. Dann würde ich nicht mehr vor der Kamera stehen.«

»Aber du wirst *hier* wohnen. Mit uns. Also müsstest du täglich zwei Stunden hin und zurück pendeln. Das ist eine Menge.«

»Ich weiß.«

Er betrachtete sie lange. »Hast du zufällig noch Urlaubstage?«

»Eine Woche.«

»Kannst du dir diese Woche freinehmen?«

Unter der Macht seiner Augen schien sie willenlos zu werden. »Ich schätze schon.«

Er beugte sich vor und küsste ihre Nase. »Nimm dir die Woche frei. Ruf am besten gleich an und sag Bescheid.« Er seufzte. »Ich werde dir heute keine Antwort darauf geben, ob du deinen Job behalten kannst. Ich werde darüber nachdenken und dir am Ende deiner Urlaubszeit meine Antwort geben. Aber wenn du mich oder die anderen vorher damit nervst, werde ich Nein sagen. Verstanden?«

Sie nickte. »Was soll ich meinem Chef sagen, warum ich Urlaub brauche?«

»Die Wahrheit.« Er streichelte ihre Wange und sie schloss die Augen und genoss das Gefühl seiner warmen Haut an ihrer. »Dass du etwas Zeit für dich benötigst.«

»Oh, Sch…ande.«

»Was?«

»Meine Mutter kommt in acht Wochen zu Besuch. Sie hat vor, einen Monat zu bleiben.«

»Und?«

»Was meinst du mit *und*?« Sie wedelte mit der Hand im Schlafzimmer herum. »Ich schätze, das mit der Hochzeit wird sie noch verstehen. Aber wie erklären wir ihr, dass wir alle zusammen in einem Schlafzimmer schlafen?«

Er grinste. »Dieses Haus hat acht Schlafzimmer. Wer kann schon sagen, wer wo schläft?«

»Oh.« *Das war einfach.* »Und zurück zum Thema Hochzeit, wie genau sollen wir das machen? Polygamie ist in Florida illegal.«

»Du heiratest offiziell nur mich.«

»Noch so ein Prime-Vorteil?«

Seine Mundwinkel verzogen sich zu einem Lächeln. »Langsam verstehst du unsere Regeln. Wir werden auch eine Zeremonie für Brodey und Cail veranstalten, und sie werden Eheringe tragen. Nur weil ich rechtlich gesehen dein Ehemann sein werde, macht sie das nicht weniger zu deinen Ehemännern. Heiraten ist nur eine Formsache. Es soll dich rechtlich schützen und sicherstellen, dass du alle Rechte für unser Vermögen hast. Das Einzige, was für uns zählt, ist, was letzte Nacht passiert ist.«

»Recht auf euer Vermögen?«

Er runzelte die Stirn. »Natürlich. Du bist nicht unser Eigentum – sondern unsere Frau. Das bedeutet, dass du einen Anspruch auf unseren Besitz hast.«

»Und was genau beinhaltet das?«

Er grinste. »Sagen wir einfach, dass es ein paar Stunden dauern würde, dir unsere Besitztümer aufzulisten.«

»Aua.« Sie rieb sich die Schulter. »Musstest du mich so verdammt hart beißen?«

»Zeig mal her.« Sie drehte sich um, und er zog das T-

Shirt hoch und strich mit den Fingern über ihre Schulter. »Es ist schon fast verheilt. Und es sieht wunderschön an dir aus. Für andere unserer Art ist es ein Beweis dafür, dass du wirklich vergeben bist.«

Er beugte sich vor und ließ seine Lippen über ihre Haut gleiten. Sie schloss ihre Augen und versuchte, ein Stöhnen zu unterdrücken, weil es sich so gut anfühlte. Dann küsste er ihre Schulter und ließ dann ihr T-Shirt fallen.

»Ja, ihr habt es gestern Abend auf jeden Fall ernst mit mir gemeint«, flüsterte sie verführerisch.

Er wollte antworten, doch in diesem Moment öffnete sich die Tür und Brodey und Cail drängten sich mit einem breiten, strahlenden Grinsen auf ihren Gesichtern durch die Schlafzimmertür.

»Sie ist wach!«, sagte Cail. Sie drängen sich gegenseitig zur Seite, dann kam Brodey zuerst zu ihr und küsste sie, gefolgt von Cail.

»Warum seid ihr nicht draußen?«, fragte Ain.

»Wir sind mit den morgendlichen Aufgaben fertig«, sagte Brodey. »Zeit fürs Mittagessen.«

»Das war Rekordzeit für euch zwei Arschlöcher.«

»Hey! Warum darfst du fluchen und ich nicht?«, beschwerte sie sich. Ain beugte sich vor und küsste sie voller Leidenschaft, um sie abzulenken. »Weil ich es sage«, sagte er mit einem Lächeln.

»Kotz!«

Cail lachte. »Du weißt, dass er nur Spaß macht, oder? Er ist eben etwas traditionell und will, dass du damenhafter bist.«

Sie sah Ain an. Als er ihr zuzwinkerte, spürte sie, wie ihr Magen vor Begierde kribbelte, und ihr Ärger war sofort verflogen.

KAPITEL NEUN

Die Männer bereiteten ein köstliches Essen für sie vor, während sie im Büro anrief und sich eine Woche Urlaub nahm. Nach dem Essen gingen Cail und Brodey nach draußen, um weiterzuarbeiten, und Ain trug sie zurück ins Bett, während sie protestierte und nach Hause fahren wollte, um ein paar Sachen zu holen.

»Du musst dich heute ausruhen.« Er funkelte sie an. »Das ist ein Befehl.«

Ihr Wille schmolz wieder dahin. »Na gut!«, schnaubte sie.

Er hatte sich eine kurze Hose angezogen, sie trug immer noch das T-Shirt. Er griff nach der Fernbedienung des Fernsehers und streckte sich neben ihr im Bett aus. »Du hast gestern Abend viel durchgemacht.« Dann legte er einen Arm um sie. »Ich möchte, dass du dich ausruhst. Du musst heute nirgendwohin gehen.«

»Ich bin kein Invalide.«

Er streichelte ihre Stirn. »Das wissen wir, Süße. Bitte ruh dich heute einfach aus. Gönn uns die Freude, dich richtig zu verwöhnen, okay? Wir haben viele einsame Jahre ohne dich verbracht.«

Das besänftigte sie etwas. Wenn sie sich schon nach einem Jahr als Single beschwert hatte, konnte sie sich nur vorstellen …

»Dann rede wenigstens mit mir.« Sie griff nach der Fernbedienung und stellte den Fernseher leiser. »Erzähl mir von eurer Familie.«

»Wir haben zehn Brüder, die über die ganze Welt verstreut leben. Gestaltwandler. Weitere fünfzehn Geschwister, die bereits gestorben sind. Unsere Eltern starben vor über 25 Jahren bei einem Autounfall.«

»Das tut mir leid.«

Er zuckte mit den Schultern. »Die Klischees aus Filmen stimmen auf jeden Fall nicht. Wir können uns verwandeln, wann immer wir wollen, nicht nur bei Vollmond. Wir haben mehr Energie und Ausdauer und heilen viel schneller als Menschen, unsere Körper können viel mehr ertragen, aber wir können trotzdem getötet werden.«

»Also würden unsere Kinder …« Eigentlich wollte sie noch nicht daran denken. Wenigstens hatte sie ihre Pille für den Tag schon genommen. Gott sei Dank hatte sie die Packung immer in ihrer Handtasche dabei.

»Das weiß man nicht genau. Nicht jedes Kind von Gestaltwandlern wird selbst auch ein Gestaltwandler. Vielleicht die Hälfte von ihnen. Einige Paare bekommen nie ein Gestaltwandler-Kind, andere haben ausschließlich Kinder mit den richtigen Genen. Auch normale Menschen können manchmal Gestaltwandler bekommen.«

Er rollte sich auf die Seite und streichelte ihre Wange. »Ich habe es ernst gemeint, als ich gesagt habe, dass du keine Kinder bekommen musst. Wir würden gerne Kinder haben, aber wenn du dich entscheidest, dass du keine willst, dann ist das in Ordnung. Ich werde dich nicht dazu zwingen.«

Er schob seine Finger zwischen ihre und brachte ihre Hand dann zu seinem Mund, um sie zu küssen. »Ich weiß, dass es viel zu lernen gibt, und ja, wir werden das letzte Wort haben, aber ich habe es ernst gemeint, als ich gesagt habe, dass wir alles dafür tun werden, dich glücklich zu machen. Wir müssen unser Geheimnis wahren. Wir müssen uns an Clan-Protokolle und den Code unserer Vorfahren halten.« Er lächelte. »Aber wenn sich das alles beruhigt hat, wirst du feststellen, dass du viel mehr Macht über uns hast, als du vielleicht denkst.«

»Und was genau ist ein Clan?«

Er grinste. »Kleinere Familiengruppen, die miteinander verwandt sind, werden Rudel genannt. Und Clans sind Gruppen von Rudeln.«

Er verbrachte den Rest des Nachmittags damit, ihre Fragen zu beantworten. Es war offensichtlich, dass sie Reporterin war, da sie ihm keine Gelegenheit gab, sie etwas zu fragen. Als sie wieder auf die Hochzeit zu sprechen kam, überraschte es sie, dass er offen für ein paar ihrer Ideen war, solange es im Rahmen blieb. Er wollte keine große Menschenmenge, was okay für sie war, und natürlich durfte der Fernsehsender nicht filmen. Das Budget, das er ihr für die Feier nannte, war ein Vielfaches größer, als sie sich es jemals in ihren kühnsten Träumen erhofft hatte. »Wie reich seid ihr?«

»Spielt es eine Rolle?«

»Ich bin nur neugierig.«

»Cail kümmert sich um die Finanzen. Sagen wir einfach, du musst dir keine Sorgen um Geld machen.«

»Gib mir eine vage Vorstellung, nur so zum Spaß.«

Er zuckte mit den Schultern. »Ich glaube, als er dieses Jahr die Steuern gemacht hat, lag unser Vermögen bei etwa sechzig Millionen. Aber natürlich haben wir das nicht alles in Bargeld. Wir haben Immobilien, Investitionen. Und ein paar Offshore-Konten und unsere Schweizer Bankkonten nicht mitgezählt.«

Sie blinzelte und versuchte zu verarbeiten, was sie gerade gehört hatte. Als sie endlich wieder sprechen konnte, fragte sie: »Warum betreibt ihr dann eine Rinderfarm?«

Er zuckte mit den Schultern. »Man muss etwas für seinen Lebensunterhalt tun, und wir machen es gerne. Wir mögen die Gegend, weil es einfach ist, hier ein unauffälliges Leben zu leben. In fünfzehn oder zwanzig Jahren könnten wir darüber sprechen, woanders hinzugehen. Oder auch nicht.« Er massierte ihre Beine und ihren Rücken, was sie entspannte und eine Welle von angenehmen Gefühlen in ihr auslöste.

Dann zog sie ihr T-Shirt aus, da es ihr sinnlos erschien, es noch länger anzubehalten. »Ich weiß noch etwas, was du tun könntest.« Sie wackelte verführerisch mit ihren Hüften. Obwohl seine Ganzkörpermassage geholfen hatte, tat ihr noch immer alles weh.

Er tätschelte sanft ihren Hintern. »Vielleicht später, Schatz.«

Sie drehte sich um und schmollte. »Es geht mir gut. Bin nur ein bisschen wund.«

»Vielleicht nach dem Essen.« Er warf ihr einen Blick zu, den sie schnell als ›den Blick‹ interpretierte. »Werd nicht aufdringlich. Wir haben noch viele gemeinsame Jahre vor uns.«

Irgendwann schlief sie wieder ein. Als sie allein im Bett aufwachte, war es nach sechs Uhr. Sie zog das T-Shirt an und ging in die Küche. Die Männer waren nicht da, aber sie hörte sie draußen reden. Auf der Küchenablage fand sie eine Packung Schmerzmittel und spülte drei Tabletten davon mit etwas Wasser hinunter. Ihr war etwas in den Sinn gekommen, dass sie ärgerte.

Prime oder nicht, sie würde Ain ihre Meinung geigen.

Die Männer kamen ein paar Minuten später herein und

lächelten, als sie sie in der Küche sahen, bis sie bemerkten, dass sie offensichtlich sauer war.

»Was ist los?«, fragte Ain.

Sie verschränkte ihre Arme und weigerte sich, ihnen in die Augen zu sehen, da sie befürchtete, davon beeinflusst werden zu können. »Ihr geht einfach davon aus, dass ich euch heiraten werde.«

Die Männer tauschten einen verwirrten Blick aus. »Aber wir haben doch darüber gesprochen, was du gerne möchtest«, sagte Ain.

»Aber keiner von euch Idioten hat mich *gefragt*, ob ich euch überhaupt heiraten will!« Die Männer sahen erstaunt aus, dann lachten sie. Bevor sie protestieren konnte, zog Ain sie in seine Arme und Brodey und Cail kamen jeweils neben sie und drückten sich an sie. Ain küsste sie und sie wusste sofort, dass sie seinem Charme nicht widerstehen konnte. Dann ließ er sich auf ein Knie fallen und holte eine kleine Schatulle aus der Tasche seiner kurzen Hose. Darin befand sich ein wunderschöner Saphir- und Diamantring, der ihr Tränen in die Augen trieb. »Willst du mich heiraten?«

Okay, ihre Laune hatte sich im Bruchteil einer Sekunde verwandelt. Sie hatte einen verdammt attraktiven Kerl, der sie heiraten wollte. *Drei* verdammt attraktive Kerle. Sie nickte eifrig mit dem Kopf. »Ja!«

Cail und Brodey hielten jeder eine ihrer Hände und knieten sich ebenfalls hin. Brodey fragte zuerst: »Willst du mich auch heiraten?«

Sie lachte. »Ja.«

»Vergiss mich nicht«, fügte Cail grinsend hinzu. »Willst du mich heiraten?«

Okay, sie war ihnen ergeben, von Kopf bis … na ja, Rute. Sie lachte. »Ja, verdammt, ja, ich will euch alle drei heiraten.«

Sie zog die Ringe ihrer Großmutter ab und zog sie an ihrer rechten Hand wieder an. Ain schob den Verlobungsring auf ihren linken Ringfinger. »Du musst dich noch in Geduld üben, Schatz. Das wollten wir eigentlich nach dem Abendessen machen.« Er stand auf und küsste sie. Dann küssten Brodey und Cail sie nacheinander. Als Cail schließlich von ihrem Mund abließ, wollte sie am liebsten wieder von ihnen ins Bett getragen werden, um die ganze Nacht mit ihnen zu schlafen.

Stattdessen brachte Ain sie dazu, sich auf die Couch zu setzen und fernzusehen, während er seinen Brüdern beim Kochen half.

Wenigstens machen sie mich nicht zu ihrer Hausfrau. Vielleicht hat er das mit dem Verwöhnen ja wirklich ernst gemeint.

Nach einem köstlichen Abendessen nahm Brodey sie in seine Arme und trug sie ins Schlafzimmer, während Ain und Cail sich um den Abwasch kümmerten. »Du siehst wunderschön in meinem T-Shirt aus, Baby.«

»Ach, das ist deins?« Und tatsächlich roch es nach Brodey. Sie konnte nicht erklären, warum die Männer für sie anders rochen. Es war nur ein subtiler Unterschied, ganz schwach, und nicht wie ein Eau de Cologne. Ain hatte einen Moschusgeruch, mit einem Hauch von etwas wie Eukalyptus, männlich. Brodey erinnerte sie an Zimt und Muskatnuss. Cails einzigartiger Duft roch eher nach frisch geschnittenem Heu, süß und erdig.

Brodey legte sie sanft auf das Bett und rollte sich neben ihr zusammen. »Ja.« Dann küsste er sie.

Verdammt, ich bin sowas von am Arsch.

Eine Welle des Verlangens durchflutete sie. Sie schlang ihre Arme und Beine um ihn und versuchte, sich an seinem Bein Abhilfe zu schaffen.

Er zog ihr das T-Shirt hoch und saugte sanft an einer ihrer Brustwarzen, was ihr ein Stöhnen entlockte. »Wie fühlst du dich?«, fragte er.

»Ich werde heute sicher keine Akrobatik mehr im Bett

vorführen, aber lass mich bitte trotzdem nicht leer ausgehen.«

Er zog sich schnell aus und küsste dann langsam ihren Bauch hinunter. »Nein, Schatz, das mache ich nicht. Nie wieder.« Sein Mund hatte nun ihren Schamhügel erreicht, wo er auch blieb, bis Cail und Ain wenig später hereinkamen.

»Hab's dir doch gesagt«, sagte Cail, während er sein Hemd auszog. »Du schuldest mir fünf Kröten. Ich wusste, dass er seine Finger nicht von ihr lassen kann.«

Ain antwortete nicht, verdrehte nur die Augen und fing an, sich auszuziehen. Doch Elain war es egal, da sie im Himmel war. Brodey brachte sie dazu, sich auf dem Bett zu winden. Als Cail seine Lippen auf ihre drückte, packte sie ihn und schob ihre Zunge tief und gierig in seinen Mund, was zu einem amüsierten Lachen seinerseits führte.

Als es ihm gelang, kurz Luft zu holen, sagte er: »Sieht ganz so aus, als hätte sie Lust zu spielen.«

Brodey legte seine Hände um ihre Schenkel und schob seine Zunge tief in sie hinein. Währenddessen legte Ain sich neben sie und drehte ihr Gesicht zu seinem.

»Schau mich an«, flüsterte er.

Sie zwang sich, die Augen zu öffnen.

»Wir lieben dich. Wir versprechen dir, dass wir immer für dich da sein werden, Baby. Wir werden unser Leben damit verbringen, dich glücklich zu machen. Ich schwöre dir, das werden wir alle. Vertraue uns einfach, wir wissen, wovon wir reden.«

Sie nickte.

Er küsste sie, und dann machte Brodey etwas zwischen ihren Beinen, das eine überwältigende Welle der Lust in ihr auslöste. Sie schrie auf, während Ain ihr ermutigend zuflüsterte und sie zwischen ihnen auf dem Bett zitterte.

Gerade als sie sich dem Punkt näherte, und glaubte, es

nicht mehr aushalten zu können, hielt Brodey inne, löste seinen Mund von ihr und ersetzte ihn dann durch seinen steinharten Schwanz.

Sie stöhnten beide, während er tief in sie eindrang. Er zog sie auf seinen Schoß und sie schlang ihre Beine und Arme um ihn. Dann presste er seine Lippen an ihr Ohr. »Ich liebe dich, mein Schatz. Oh Gott, ich liebe dich so sehr.«

Sie zitterte in seinen Armen, konnte die Aufrichtigkeit seiner Worte fühlen. Ihre Männer meinten es ernst.

Ihre Männer.

Er streichelte ihren Rücken, während er seine Hüfte vor- und zurückbewegte. Sie drückte ihre Lippen auf seine Schulter, und plötzlich überkam sie ein Bedürfnis, das sie nicht mehr loswerden konnte.

Also gab sie nach und biss ihn.

Er schrie auf, und seine Stöße wurden intensiver, schneller, also ließ sie nicht von ihm, bis er gekommen war. Dann legte er sie sanft auf die Matratze. »Verdammte Scheiße, das war großartig, Baby! Geht es dir gut?«

Sie nickte. Sie hatte immer noch leichte Schmerzen vom Abend zuvor, ließ sich davon aber nicht ihren Spaß nehmen. »Geht es dir gut?« Sie strich mit den Fingern über die Biss-spur, die sie hinterlassen hatte. Sie hatte nicht fest genug zugebissen, um ihn zu verwunden, aber anscheinend fest genug, um ihn zum Kommen zu bringen.

Zu sagen, dass sie für sein breites, strahlendes Grinsen getötet hätte, war keine Übertreibung. Er streichelte ihre Nase mit seiner, küsste sie zärtlich. »Das war perfekt«, flüsterte er. »Du bist perfekt. Ich hatte das Gefühl, als hättest du meine Gedanken gelesen.«

Sie sah Cail an und deutete dann mit dem Finger auf ihn.

Er grinste und rollte sich auf sie. »Bist du sicher?«

Als Antwort küsste sie ihn, und er glitt in sie hinein und

begann sich dann langsam zu bewegen, etwas anders als am Abend zuvor. Als sie spürte, wie er sich seinem Orgasmus näherte, kam ihr eine Idee und sie kratzte mit ihren Nägeln über seinen Rücken, und schob dann einen Finger in seinen Hintern.

»Tu es«, sagte sie, »komm für mich, Baby.«

Er stieß einen lauten Schrei aus und vergrub seinen Schwanz noch tiefer in ihr, dann hielt er für einen Moment mit geschlossenen Augen still.

Sie ließ ihn nicht los, hielt ihn fest, sein Gesicht an ihrem Hals vergraben. Als er sich schließlich wieder bewegte, sah er sie an und sagte: »Das war unglaublich!«

»Es war das, was du wolltest, oder?«

Er lächelte und küsste ihre Nase. »Ja.«

Ain grinste. »Das ist fantastisch! Normalerweise dauert es Wochen, bis sich so eine Verbindung entwickelt.«

Sie warf ihm einen genervten Blick zu. »Äh, und was war gestern Abend?«

»Die Zeremonie ist etwas anderes. Normalerweise dauert es eine Weile, bis es danach voll einsetzt.«

Cail küsste sie und rollte vorsichtig von ihr herunter. Damit blieb nur noch Ain übrig. Sie kletterte auf ihn und küsste ihn. »Du bist dran.«

Er lächelte. »Ich wollte nichts sagen, falls du Schmerzen hast oder zu müde bist.«

»Das werde ich danach auf jeden Fall sein. Aber jetzt entspann dich.«

Und genau das tat er.

Sie konnte nicht leugnen, dass es unglaublich war, ihre dicken Schwänze in ihr zu spüren. Er legte seine Hände auf ihre Hüften und stieß in sie hinein. Gleichzeitig streichelte sie seine Brust. Alle drei Männer hatten einen feinen, dunklem Flaum, der ihre Körper bedeckte, Gott sei Dank waren sie nicht komplett haarig.

Er begegnete ihrem Blick und plötzlich konnte sie seine Gedanken spüren.

»Ich liebe dich.«

Sie lächelte und antwortete in Gedanken: *»Ich liebe dich auch.«*

Er grinste. Dann packte er ihre Hüften etwas fester und kam nach wenigen Stößen zum Höhepunkt.

Cail und Brodey hatten bemerkt, dass etwas passiert war.

»Was?«, fragte Brodey. »Was ist passiert?«

Sie sah ihn an. *»Ich liebe deine lila Augen.«*

Er starrte sie verwirrt an. »Was? Baby, meine Augen sind nicht …« Dann wurde ihm klar, was gerade passiert war, und er grinste. »So hast du es also gewusst!«

Sie grinste und antwortete in Gedanken: *»Ich liebe dich.«*

Er lachte, beugte sich vor und küsste sie. *»Ich liebe dich auch.«*

Danach wandte sie sich an Cail. »Könnt ihr es hören, wenn ich mit einem der anderen spreche?«

Er schüttelte den Kopf. »Wir können hören, dass ihr miteinander sprecht, aber wir können es nicht verstehen. Es ist, als würde man es durch eine dicke Wand hören.«

Daraufhin sah sie ihm tief in die Augen. *»Ich liebe dich.«*

Sein breites, strahlendes Lächeln und seine süßen braunen Augen ließen sie dahinschmelzen. *»Schatz, du hast keine Ahnung, wie sehr ich dich liebe.«*

Ain packte sie und zog sie sanft hinunter in seine Arme. »Schlafenszeit. Du kannst morgen mit deinen neuen Superkräften experimentieren.«

Sie lachte. »Superkräfte?«

Er küsste ihren Hals. »Ja.«

Anscheinend war Cail an der Reihe, und durfte sich an ihre andere Seite kuscheln. Sie ging davon aus, dass einer von Ains Prime-Vorteilen war, jede Nacht an ihrer Seite schlafen zu dürfen, und dass die anderen beiden sich abwechseln mussten.

Insgesamt fand sie, dass sie sich jetzt schon sehr gut an ihr neues Leben gewöhnt hatte. Gestaltwandler waren echt, und sie war mit wunderschönen Drillingen verlobt, die nur Augen für sie hatten.

Sie waren so viel mehr als nur wunderschön …

»Hey, Brodey«, murmelte sie.

»Was Schatz?«

»Sag etwas auf Schottisch für mich.«

Er lachte von irgendwo auf der anderen Seite. »Frrr-reiheit!«

Ain und Cail stöhnten. »Bitte nicht!«, sagten sie gleichzeitig.

Sie lächelte und schloss die Augen. Dann schlief sie in den Armen ihrer Männer ein.

Ärger-im-Dreierpack-Reihe
Sturmwarnung Buch 2

Elain lag auf dem Bauch auf einem Handtuch am Pool und versuchte, sich in der Sonne zu entspannen. Der riesige, schwarze Wolf mit den grünen Augen schlich aus dem nahe gelegenen Wald, sprang lautlos über den Zaun, der den Pool umgab, und pirschte sich an.

Lautlos bewegte es sich um sie herum, bis es sich mit einem Satz auf sie stürzte und anfing, hektisch gegen die Rückseite ihres Beins zu rammeln.

„Es ist mir scheißegal, wie sehr ich dich liebe", murmelte sie, ohne sich zu bewegen, oder auch nur die Augen zu öffnen. „Wenn du mich ficken willst, Brodey, dann musst du dich zurückverwandeln. Wenn du versuchst, es so mit mir zu tun, werde ich dein Abendessen dopen und dir eine Glatze rasieren. Und wenn du dich dann das nächste Mal verwandelst, wirst du wie ein verdammter Chihuahua aussehen."

Augenblicklich verwandelte der Wolf sich in einen nackten Mann, der sich über sie beugte. Er lachte und küsste sie zwischen ihre Schulterblätter. „Würdest du mir das wirklich antun, Süße?"

„Du weißt, dass ich es tun würde. Und Ain und Cail würden mir helfen."

„Du hast wahrscheinlich recht." Er rollte sie auf die Seite und küsste sie. Wolf oder Hund, er war immer noch verdammt hart. „Ist das besser?" „Viel besser, du Pelzknäuel."

„Woher wusstest du, dass ich es bin?"

Sie schlang ihre Arme um ihn. „Ich habe dich gehört." Der mittlere Bruder der Lyall-Drillinge hatte wunderschöne grüne Augen, die sie immer zum Dahinschmelzen brachte.

Aber wem machte sie etwas vor? Alle drei Brüder konnten ihr Inneres in geschmolzene Marshmallows verwandeln, seien es die grünen Augen von Beta Brodey, der süße braune Blick von Gamma Cailean oder die durchdringenden grauen und intensiven Augen von Prime Alpha Aindreas.

„Aber ich habe mich lautlos angeschlichen!"

„Du hast innerlich gesabbert. Ich habe dich gehört, noch

bevor du bei dem Teich aus dem Wald gekommen bist, weil du den ganzen Weg hierher gedacht hast: „Oh, Gott, ich bin so verdammt geil". Als du bei mir angekommen bist, hast du es regelrecht geschrien. Ich müsste taub sein, um das nicht zu hören."

Er setzte sich auf. „Kein Scheiß? Wirklich? Du hast mich schon vom Teich aus gehört? Von so weit weg?"

Sie nickte. „Ja. Warum?"

Anscheinend reichte diese Neuigkeit aus, um ihn abzulenken. Sein steifer Schwanz wurde weicher, und er schien nachzudenken „Ich meine, das ist sehr ungewöhnlich." „Laut Ain kommt es auch selten vor, dass man so kurz nach der Paarung überhaupt schon die Gedanken hören kann." Sie war erst seit vier Tagen bei den Brüdern, und es fiel ihr immer noch schwer, sich selbst als ihre „Gefährtin" zu sehen.

„Nein, Schatz, du verstehst das nicht. Normalerweise kann ein Gefährte die Gedanken des anderen nur aus nächster Nähe wahrnehmen."

„Du warst doch nah."

„Ich meine richtig nah, wie zum Beispiel, wenn man im selben Zimmer ist. Oder ein paar Meter entfernt, aber keinen halben Kilometer, wo der Teich ist."

„Kein Schei … benkleister?"

Er grinste und rieb seine Nasenspitze an ihrer. „Ich werde es Ain nicht sagen, wenn du fluchst. Es stört mich nicht so wie ihn."

„Ich dachte, ihr müsst euch an die Anordnungen des Primes halten?", beschwerte sie sich. Elain war immer noch damit beschäftigt, alle Regeln zu lernen, an die sie sich als Gefährtin der Drillings-Gestaltwandler halten musste. Alle drei Männer waren Alphas. Wenn Prime Alpha Ain eine Regel aufstellte, waren die anderen und jetzt auch Elain gezwungen, sich daran zu halten.

„Er hat keine Regel aufgestellt, dass du nicht mehr

fluchen darfst. Er hat dir nur gesagt, dass er will, dass du es weniger tust." Dann lachte er, nahm ihre Hand, stand auf und zog sie auf die Füße. „Komm schon."

„Wohin gehen wir?"

„Wir müssen es Cail erzählen. Das ist unglaublich."

Noch unglaublicher war, dass sie nach den letzten paar Tagen immer noch laufen konnte.

Vor weniger als zwei Wochen auf den ersten jährlichen Arcadia Highland Games war ein großer schwarzer, Wolfs-ähnlicher Hund mit wunderschönen grünen Augen bei ihr und ihrem Kameramann in den Wagen gesprungen und sie hatten ihn mit zum Sender genommen. Als sie den Hund, Brodey, wie sich später herausstellte, zwei Tage später zu seinem „Besitzer" Aindreas Lyall zurückgebracht hatte, hatte sie keine Ahnung gehabt, dass die drei großen Brüder sie instinktiv als ihre Gefährtin, ihre „Eine", ausgewählt hatten.

Bei diesem ersten Treffen mit Aindreas fand Elain, dass er wie ein distanzierter Idiot rübergekommen war, obwohl die anderen beiden Brüder sich süß und zuvorkommend benommen hatten. Ein paar Tage später waren Brodey und Cailean dann aus heiterem Himmel bei ihrer Arbeit aufge-taucht, um sie zum Mittagessen einzuladen. Das Ganze hatte mit einem kurzen und sehr heißen Intermezzo auf dem Parkplatz geendet, was sie … extrem geil zurückgelassen hatte.

Daraufhin hatten sie sie ein paar Tage später auf ihrer Rinderfarm in Arcadia zum Abendessen eingeladen, was sie natürlich nicht abgelehnt hatte. Nur Stunden später hatte sich ihre Welt um 180 Grad gedreht. Gestaltwandler gab es wirklich, und sie war mit den drei Brüder verlobt, die zufällig über zweihundertdreißig Jahre alt waren.

Obwohl sie nicht älter als dreißig aussahen, hatten sie noch kein einziges graues Haar. Und auch sonst waren sie keine schlechte Partie, wenn man bedachte, dass sie reich und gutaussehend waren, und nur Augen für sie hatten.

Als sie ins Haus kamen, fanden sie Cail im Arbeitszimmer, wo er den Papierkram und die Buchhaltung für den Betrieb der Ranch erledigte. Brodey schlang seine Arme um Elain und knabberte an ihrem Hals, während sie sich an ihm stützen musste, da ihre Knie weich wurden.

Verdammt, die Männer schienen genau zu wissen, was sie mit ihrem Körper anstellen mussten, um sie dahinschmelzen zu lassen.

„Weißt du was, Cail?", fragte Brodey.

Doch er blickte nicht von seinem Computer auf und antwortete: „Du bist geil?" Elain lachte. „Weißt du noch was?"

Schließlich lehnte er sich zurück, drehte sich um und lächelte sie an. „Was?" „Anscheinend ist unsere Gefährtin noch unglaublicher, als wir dachten", sagte Brodey. „Sie kann unsere Gedanken aus weiter Ferne hören." Dann erzählte er Cail, was gerade geschehen war.

Cail runzelte die Stirn und sah nachdenklich aus. Er war nur wenige Minuten jünger war als seine beiden Brüder, war er von Natur aus verkopfter. „Das ist … unglaublich."

Brodey nickte. „Ich weiß! Ist es nicht toll?"

Cail ergriff Elains Hand und zog sie sanft aus Brodeys Armen auf seinen Schoß. Sie hatte einen Badeanzug an, von dem sie vermutete, dass er nicht mehr lange an ihrem Körper bleiben würde. „Es ist nicht schlecht. Es ist nur … komisch." „Mensch, danke, Cail", antwortete sie mit ironischem Unterton.

Er küsste sie. „Du bist nicht komisch, Baby. Ich meine nur, dass ich noch nie von einer Gefährtin gehört habe, die keine Gestaltwandlerin ist und trotzdem aus so weiter Entfernung Gedanken hören kann." Er streichelte ihren Oberschenkel, während er Brodey anstarrte. „Offen gesagt bin ich mir nicht mal sicher, ob ein Gestaltwandler so weit hören kann. Wir sollten Ain holen und es ihm sagen." Aindreas war auf der anderen Seite der Ranch, um nach dem Rechten zu sehen, denn nur weil die Brüder jetzt ihre Eine gefunden hatten, bedeutete das nicht, dass sie mit ihren täglichen Pflichten aufhören konnten.

„Er wird früh genug zurück sein", sagte Brodey. „Kein Grund, ihn zu nerven, ich habe ihn auf der nordwestlichen Weide zurückgelassen. Es würde ihn nur ärgern, wenn er danach wieder raus muss." Brodey versuchte, Elain von Cails Schoß zu ziehen, schaffte es aber nicht.

Sie lachte. „Ähm, Jungs? Ich bin kein Hundespielzeug."

„Ich wollte mit ihr spielen", jammerte Brodey.

„Oh, mein Gott, benimm dich nicht wie ein Baby", schimpfte Cail. „Du warst sogar ein paar Nächte allein mit ihr, was ich und Ain nie hatten." „Ja, aber da war ich auch die ganze Zeit verwandelt und konnte keinen Spaß mit ihr haben. Nichts für ungut, Baby." Er hielt immer noch ihre Hand. Sein Schwanz hatte wieder angefangen, sich aufzurichten. „Komm schon, Cail. Gib sie mir zurück." Sie zog ihre Hand aus seiner und stand auf. „Hört auf. Beide." Sie versuchte, genervt zu tun, schaffte es aber nicht, da ihre großen Augen sie dahinschmelzen ließen.

Elain rollte theatralisch mit den Augen und seufzte, dann ging sie in Richtung ihres gemeinsamen Schlafzimmers. „Also gut. Wenn ihr Jungs überhaupt nicht länger warten könnt ..."

Die Männer rannten an ihr vorbei und erreichten das Schlafzimmer noch vor ihr. Cail war bereits nackt, als er neben Brodey auf dem Bett landete, was sie zum Lachen brachte. Zumindest fühlte sie sich gewollt, soviel stand fest. Wie erwartet, befreiten die Männer sie schnell aus ihrem Badeanzug, was natürlich kein Problem für sie war. Dann begann Cail sie zu küssen, und Brodey tauchte zwischen ihren Beinen ab. Sie seufzte zufrieden, während er ihre

Klitoris eifrig mit seiner Zunge umspielte. An diesen Teil ihrer ungewöhnlichen Beziehung hatte sie sich überraschenderweise am schnellsten gewöhnt. Die Jungs hatten ihr bereits einen Heiratsantrag gemacht, obwohl sie legal nur Ain heiraten würde.

Und dass sie nun ein längeres Leben haben würde, was sie in den Armen dieser drei Männer verbringen konnte, war alles andere als ein Opfer, soviel stand fest.

Cail unterbrach ihren Kuss und nahm sich nun eine ihrer Brustwarze mit der Zunge vor, während er mit den Fingern sanft die andere rieb. Sie fuhr mit ihren Fingern durch sein Haar und ließ ein gieriges Stöhnen von sich. Brodey griff mit seinen großen Händen nach ihren Schenkeln und schob seine Zunge tief in sie hinein, dann ließ er sie langsam über ihre Klitoris gleiten. Das wiederholte er immer wieder, wobei er den Druck etwas erhöhte, was sie erschaudern und aufstöhnen ließ, und sie nur wenige Momente später mit einem lauten Schrei zum Höhepunkt brachte.

Sie hatte in den vergangenen Tagen mehr Sex gehabt als in den letzten Jahren.

Und zwar den besten Sex ihres Lebens.

„Das wollte ich hören", flüsterte Brodey grinsend, während er ihren Körper entlang küsste. Dann setzte Cail sich auf und hielt sie fest, während Brodey ihre Füße an seine Schulter hob.

Elain lächelte. „Wieder zur Arbeit zu gehen, wird sich wie Urlaub anfühlen", scherzte sie.

Ein kurzes Stirnrunzeln huschte über sein Gesicht, bevor er langsam seinen steifen Schwanz an ihr rieb und ihn dann in sie hineingleiten ließ. „Denkst du wirklich, ja?"

Sie liebte es, wie sich alle drei in ihr anfühlten. „Ja."

So geil Brodey auch war, er hielt nicht lange durch. Danach drehte sie sich in Cails Armen um und küsste ihn, dann griff sie nach unten, um seinen Schwanz zu streicheln. „Was ist mit dir?"

Er lächelte. „Mit mir?"

Sie drückte sanft seinen Schwanz. „Kann ich dir irgendetwas Gutes tun?" Er lachte. „Was hattest du denn im Sinn?"

Elain grinste und wanderte mit dem Kopf zwischen seine Beine, genoss das Gefühl seiner Hände, die sich in ihrem Haar vergruben, während sie seinen Schwanz tief in ihren Mund nahm. Brodey stöhnte. „Oh Gott, das ist unglaublich!"

„Halt die Klappe", knurrte Cail. „Du hattest schon deinen Spaß."

Elain versuchte, nicht zu lachen, konnte aber nicht anders, also setzte sie sich trotz Cails enttäuschtem Stöhnen auf. „Ihr zwei seid zu viel." Wenn Ain nicht da war, stritten sich die beiden „jüngeren" Brüder häufig.

Sie drückte Cail auf das Bett und setzte sich rittlings auf seinen steifen Schaft, um ihn zu necken. „Was möchtest du Baby?"

Er packte ihre Hüften und stieß in sie hinein. „Genau das hier." Dann kniete Brodey sich hinter sie, wanderte mit der Hand zu ihrer Klitoris und streichelte sie. Sie gab sich ganz seinen Berührungen hin, während Cail langsam zustieß.

Ja, es war ein seeeeeehr gutes Leben.

Cail streckte die Hand aus und spielte mit ihren Brustwarzen, was einen weiteren Höhepunkt auslöste. Als er spürte, wie ihre Muskeln sich um seinen Schwanz zusammenzogen, packte er ihre Hüften wieder und stieß hart zu, um ihr einen noch intensiveren Orgasmus zu bescheren. Sie warf ihren Kopf zurück gegen Brodeys Schulter und vertraute darauf, dass er sie halten würde, während sie in seinen Armen zitterte und schrie.

Einen Augenblick später ließ sie sich aufs Bett fallen, die beiden Männer wiegten sie zwischen sich. Sie lag an Cails Brust, während Brodey sich eng an ihren Rücken schmiegte.

Und genauso lagen sie noch fast eine Stunde später und dösend, als Ain ins Schlafzimmer kam.

Er blieb in der Schlafzimmertür stehen, die Arme über seiner massiven Brust verschränkt. „Ich hätte es wissen müssen."

„Erwischt", murmelte Brodey gegen ihren Nacken. „Es ist deine Schuld, Brod", murmelte Cail von Elains anderer Seite. Ains tiefes Lachen brachte Elain dazu, ihre Augen zu öffnen.

Er lehnte in Jeans und in einem Arbeitshemd an der Tür und sah zum Anbeißen aus.

„Hier ist genug Platz", sagt sie.

Er ging zum Bett hinüber und beugte sich vor, um sie zu küssen. „Einer von uns muss schließlich arbeiten, da meine beiden faulen Brüder anscheinend vergessen haben, dass wir eine Ranch haben."

„Fick di–" Brodey brachte den Rest des Satzes nicht heraus, weil Ain ihn vom Bett auf den Boden rollte.

„Was hast du gesagt?", fragte Ain mit leiser und knurrender Stimme.

Brodey setzte sich auf und funkelte ihn über das Bett hinweg an, antwortete aber nicht. Elain bemerkte den harten Ausdruck in Ains Augen, den angespannten Kiefer, der Brodey schließlich dazu brachte, wegzusehen.

„Ich ziehe mich an", murmelte er.

„Nicht nötig, ich brauche Hilfe mit den Rindern. Du kannst dich auch gleich verwandeln. Der Wagen steht schon vor der Tür."

Brodey stand auf und beugte sich vor, um Elain einen letzten Kuss zu geben. „Bis später, Schatz." Dann verwandelte er sich und trottete aus dem Schlafzimmer. Cail setzte sich auf und fuhr sich mit der Hand durchs Haar. „Ich muss zurück ins Büro." Er zog sie zu sich und küsste sie. „Oh, Ain, wir müssen dir noch was erzählen." Dann erzählte er seinem älteren Bruder, was Brodey entdeckt hatte.

Ain strich Elain eine Strähne aus der Stirn und hinter ihr Ohr. „Wirklich?"

Elain nickte.

„Was könnte das bedeuten?", fragte Ain Cail.

Es war Elain schon öfter aufgefallen, dass Ain nicht zögerte, Cail nach seiner Meinung zu fragen, obwohl er der Prime Alpha war. Brodey hingegen war eher fürs Körperliche zuständig, vor allem weil er so muskulös war, obwohl er natürlich auch seine schlauen Momente hatte. Aber meistens verließ Ain sich mehr auf ihn, wenn es um praktische Dinge und Hilfe bei der Ranch ging.

Cail zuckte mit den Schultern. „Ich weiß es nicht. Wir sollten etwas experimentieren, um zu sehen, wie weit sie hören und kommunizieren kann."

„Gute Idee. Warum macht ihr das nicht heute Nachmittag, während ich den geilen Hund ablenke?" Ain zwinkerte Elain zu und lehnte sich für einen weiteren Kuss vor. Sie wollte ihm die Kleider vom Leib reißen, wusste aber, dass er jetzt erst mal arbeiten musste.

„Okay", sagte Cail. „Sollte kein Problem sein."

„Danke."

Als sie wieder allein waren, schmiegte sich Elain an Cail. „Werden wir das wirklich tun oder machen wir noch ein Nickerchen?" Sie genoss es, seinen Atem an ihrer Kopfhaut zu spüren, während er sein Gesicht in ihr Haar kuschelte. „Wir sollten es wirklich tun. Willst du nicht wissen, wozu du fähig bist?"

Bis vor ein paar Tagen hatte sie noch ihr ganz normales Leben gelebt und jetzt war sie mit drei unglaublich heißen und perfekten Kerlen zusammen.

Die sich in Wölfe verwandeln konnten.

Wenn sie ehrlich war, tat sie ihr Bestes, um nicht zu viel über die übernatürlichen Aspekte ihres neuen Lebens nachzudenken, denn das würde ihr Gehirn wahrscheinlich zum Kochen bringen.

Allein, sich an ihren neuen Beziehungsstatus zu gewöhnen, war … eine Herausforderung. „Wahrscheinlich sollte ich das", sagte sie. „Kann ich dich vorher zum Duschen überreden?" Er lächelte. „Ich glaube, das lässt sich einrichten."

https://geni.us/ttstormwarning

HOLEN SIE SICH IHR KOSTENLOSES BUCH!

Tragen Sie sich in unsere Mailingliste ein, um Ihr kostenloses Buch zu erhalten.

https://geni.us/jungfrauunddervampir

BÜCHER VON LESLI RICHARDSON

<u>Suncoast Society</u>

Sicherer Hafen
Von Haus aus Domme
Cardinal's Rule
Der zögerliche Dom
Der Denim-Dom

Ärger-im-Dreierpack-Reihe
    Ärger Kommt Selten Allein - Buch 1
    Sturmwarnung - Buch 2
    Nacht Der Drei Hunde - Buch 3

ÜBER DEN AUTOR

Über die Autorin

Die Autorin Lesli Richardson, die besser unter ihrem erfolgreichen Pseudonym Tymber Dalton bekannt ist, lebt mit ihrem Ehepartner und zu vielen Haustieren in der Region Tampa Bay in Florida. Sie schreibt in einer Vielzahl von Hitzestufen und Genres, von Mainstream-Sci-fi bis hin zu heißem Ménage. Die USA Today-Bestsellerautorin (als Tymber) und zweifache EPIC-Preisträgerin ist nebenberuflich Wikinger-Schildmaid in Ausbildung und liebt es, mit ihren Freunden Tontauben zu schießen und D&D zu spielen. Sie ist außerdem die Autorin von über zweihundertfünfzig Büchern, darunter *The Reluctant Dom*, *Cross Country Chaos*, *Her Vampire Obsession*, die Bleacke-Shifters-Serie, die Governor Trilogie, die Determination Trilogie, die Great Turning Trilogie, die Suncoast-Society-Serie, die Love-Slave-for-Two-Serie, die Triple-Trouble-Serie, die Coffee-shop-Coven-Serie, die Good-Will-Ghost-Hunting-Serie, die Drunk-Monkeys-Serie und viele andere.

Sie lebt in ihrer eigenen kleinen Welt, aber das ist in Ordnung – alle kennen sie dort.

Sie liebt es, von ihren Lesern zu hören! Schauen Sie auf ihrer Website vorbei und melden Sie sich für ihren Newsletter an, um über die neuesten Nachrichten, Sneak Peeks und Veröffentlichungen auf dem Laufenden zu bleiben.

Ehrliche Rezensionen sind immer willkommen; sie tragen zur Sichtbarkeit eines Buches bei und können seine

Platzierung auf den Websites von Buchhändlern verbessern. Selbst nur ein paar Zeilen darüber, was Sie beim Lesen des Buches empfunden haben, sind hilfreich. Vielen Dank, wir wissen Ihre Zeit sehr zu schätzen!

Newsletter: https://tymberdalton.com/newsletter/
http://www.tymberdalton.com